ほかほか蕗ご飯

居酒屋ぜんや

坂井希久子

時代小説文庫

角川春樹事務所

目次

居酒屋
ぜんや
地図
寛永寺
不忍池
清水観音堂
林家屋敷
(仲御徒町)
湯島天神
神田川
神田明神
おえん宅
酒肴ぜんや
(神田花房町)
浅草御門
佐々木家屋敷
(九段坂)
昌平橋
筋違橋
お勝宅
(横大工町)
田安御門
菱屋
太物屋
(大伝馬町)
俵屋
売薬商
(本石町)
三河屋
味噌屋(駿河町)
江戸城
日本橋
京橋
升川屋
酒問屋(新川)
虎之御門

ほかほか蕗ご飯

居酒屋ぜんや

笹鳴き

一

ホー、ホケキョ。と、鶯《うぐいす》が声を張るにはまだ早い、寛政《かんせい》二年（一七九〇）神無月《かんなづき》十日。

「チチチ」と鳴く愛鳥ルリオの声を聞きながら、林只次郎《はやしただじろう》は頭を抱えていた。

「ほほう、それは困っちまいますなぁ」

なんとも対処のしようがないという表情を浮かべ、鳥の糞《ふん》買いの又三《またぞう》が顎《あご》をしごく。

鶯の糞は洗顔料として高値で売れるので、鳥飼いの家々を集め回っているわけだが、間の悪い所に来合わせたものである。

「ああ、どうしよう。もうおしまいだ」

林家の、六畳一間の離れである。

開け放した縁側に跪《ひざまず》き、只次郎は口の中で同じ文句を繰り返す。その顔は血の気が引いて真っ青である。

膝先《ひざさき》には鶯の水浴用の籠《かご》が二つ。

一方ではルリオが止まり木の上でつぶらな瞳《ひとみ》をくりくりと動かしている。だがもう一方は空で、しかも横倒しになっていた。

「猫でしょうかね」

又三が首を傾《かし》げ、只次郎は縁に額がつくほどうな垂れる。籠の前に一枚だけ落ちていた小さな羽が、ふわりと舞って軒先に落ちた。

「よりにもよって、佐々木《ささき》様の鶯だよ」

林家は百俵十人扶持《ぶち》の小禄《しょうろく》ながら、小十人《こじゅうにん》番士の旗本である。佐々木様は一千石取りの小十人頭。つまり、只次郎の父の上役だ。

「気を取り直してくだせぇよ。鶯ごときじゃ、なにも腹を切れとまでは言われねぇでしょう」

「たかが鶯、されど鶯じゃないか」

只次郎はその名のとおり、ただの次男坊。兄の重正《しげまさ》がすでに一男一女をもうけており、よほどのことがないかぎり、跡目を継ぐことはない。紙より軽い命である。

四年前の老中田沼主殿頭《たぬまとのものかみ》の失脚後、その息のかかった者が次々と逼塞《ひっそく》を命ぜられ、小普請《こぶしん》組に落とされるのを横目に見つつ、この手の政争に巻き込まれぬところが貧乏旗本の気楽さと笑ったものだ。

しかし危機というのは、思わぬところに潜んでいるのである。

「そいじゃ、ちと鳥屋に行って、似たのを見つくろってきますか」

「あんな鳴きグセの強いやつは、そういやしないよ」

鶯は公方《くぼう》さまもこれを愛し、小納戸《こなんど》役にお鳥掛りを置いたほど。それが大名飼い、旗本飼い、市井飼いと下々にまで流行し、美声を競わせる鳴き合わせが頻繁に行われている。

人に必ず一つは取り得があるとすれば、只次郎のそれは、声のいい鶯を育てることに違いあるまい。

只次郎がルリオを拾ったのは四年前、まだ月代《さかやき》もみずみずしい、十六の五月である。往来が川になるほどの大雨のあと、どこから流されてきたものか、庭に壺形《つぼがた》の巣が落ちていた。

なにげなく中を覗《のぞ》いてみると、他の兄弟は流されたらしく、赤裸のヒナが一羽きり。目を閉じてぐったりとしていたが、指でつつくと微《かす》かに首を持ち上げた。

部屋住みの、暇を持て余す身の上である。只次郎はそれから、ヒナの養育に明け暮れた。

懐に入れて温め、えびづる虫や小グモを口に押し込んでやり、配分を工夫してすり餌《え》を作る。そうやって一命を取りとめたルリオは翌春になると、恩返しのようにいい声で鳴きはじめた。

人に勧められるままに鳴き合わせの会に出してみると、たちまち評判になり、売ってくれという申し出が殺到した。売り物じゃないと断れば、ならば鳴きつけをしてくれと、武家商人を問わず金力のある者から鶯が持ち込まれるようになったのだ。

その謝礼が馬鹿にならない。おかげで食うのもやっと、借財がかさむばかりの貧乏暮らしから抜け出せたばかりでなく、余裕すらできた。

今や林家の一族郎党は、ルリオが養っていると言っても過言ではない。

「その鳴きグセを直してくれと言って、旦那《だんな》に預けたんでしょう。鳴きかたが変わっていたって、かまやしませんよ」

又三としては、さっさと糞を買い取って次へ行きたい。だが只次郎がいっこうに顔を上げぬので、いい加減苛立《いらだ》ってきたようである。

「佐々木様とやらも、ほしいのはルリオ仕込みの鶯なんだ。前のが猫に食われてようが、どうってこたぁないと思いますがね」

野にある鶯は、鳴きかたを親に教わる。だがヒナのころから人に飼われている鶯はそれができぬから、師匠につける。

これを鳴きつけといって、少しでもいい師匠につけてやりたいと、ルリオのような美声の鶯がつけ親として引く手数多《あまた》になるのである。

「そうかもしれないが、そんなことが表沙汰《おもてざた》になったら、私の信用は丸潰《まるつぶ》れだよ」

ようやく顔を上げた只次郎は、目尻《めじり》に涙さえ浮かべていた。

剣術に励むこともなく、離れを与えられて鶯飼いに打ち込んできたせいか、二十歳になった今も顔に幼さが残り、物腰も商家の坊のようである。頼りないが、おそらく年増受けはするだろう。

「よし、そんなら」と、又三が勢いよく膝を叩《たた》いた。

「お妙《たえ》さんに会いに行ってみましょうや」

「お妙さん？　誰だい、それは」

「不思議な人でさ。話してるうちに、気鬱《きうつ》がスッと消えちまう。失《う》せ物や難問も、ひとりでに片づいちまうと評判なんで。おまけに——」

なんとも都合のいい話ではないか。もったいぶるように言葉を切って、又三はにやりと頬《ほお》を歪《ゆが》めた。

「ちっとばかり年増ですが、すこぶるつきの別嬪《べっぴん》ですぜ」

若い男がそう言われて、興味を抱かぬはずがない。遊里の女だろうかと見当をつけて、只次郎は袂《たもと》で眦《まなじり》を拭《ぬぐ》う。

「ああ、そうだね。私には気散じが必要かもしれない」

佐々木様からも父からも、どのような沙汰が下るかは分からないのだ。最後にいい目を見たところで、罰は当たらないだろう。

肝《きも》を据《す》えて、只次郎はすっくと立ち上がった。


「あら、お出かけですか」

紺鼠《こんねず》色の紬《つむぎ》に細縞《ほそじま》の袴《はかま》を合わせ、お召の羽織。支度を整えて離れを出ると、母屋から兄嫁のお葉《よう》が顔を出した。

おおかた庭の片隅にこしらえた菜園の、葱《ねぎ》でも取ろうというのだろう。

「へぇ、ちょいとそこまで」

只次郎の肩先からひょいと顔を出して、答えたのは又三である。浮かれたような笑顔を見せ、今日の仕事はこれで仕舞いと割り切ったらしい。

「そうですか。行ってらっしゃいませ」

そう言って、お葉が慇懃《いんぎん》に腰を折る。部屋住みとはいえ林家の稼ぎ頭である只次郎に、気の毒なほど気を遣《つか》っている。

肌の黒い女である。元は与力《よりき》の娘だが器量が悪く、持参金つきで嫁に出された。

只次郎から見れば、控えめで始末の上手《うま》い、いい嫁だ。しかしおっかなびっくりの性格が表情に刻まれて、嗜虐《しぎゃく》の舌を疼《うず》かせるのはよろしくない。

兄の重正が酔ったときや、虫の居所の悪いとき、「おい、牛蒡《ごぼう》殿」なる暴言を浴びせられるのはそのせいだ。

「母上。ねぇ、母上ったら」

そんなお葉のあとを追って、奥から飛び出してきたのは五つになる姪《めい》っ子のお栄《えい》である。

他に人がいるとは思わなかったのだろう。「これ、はしたない」とお葉に窘《たしな》められるまでもなく、又三を見てびくりとその場に凍《こお》りついた。

平素は人懐っこい子供で、「叔父上の邪魔をしてはいけませんよ」と言い聞かされても、離れへよく顔を出す。だが三十路《みそじ》男の又三の彫りの深い顔立ちは、幼い目には恐ろしく映るのだろう。

「では、お気をつけて」

娘を背後に隠し、お葉がもう一度腰を折る。

佐々木様の鶯は、父を介して預かったので、その上役の気性を只次郎は知らない。

ことによるとこの母子にも、迷惑が及ぶだろう。

申し訳ない思いを胸に秘めつつ、只次郎は門をくぐる。

帰ったら父と母に手をついて、すべてを打ち明けねばなるまい。その前に、つかの間の夢を見てこよう。

「さて、行きますか」

仲御徒町《なかおかちまち》の拝領屋敷を出て、又三は南へと進路を取る。

てっきり吉原《よしわら》の昼見世《みせ》へ繰り出すものと思っていた只次郎は面食らった。老中首座松平越中守《まつだいらえっちゅうのかみ》様の改革により、その方角にはすでに岡場所《おかばしょ》もないのである。

只次郎の狼狽《ろうばい》も意に介さず、又三はずんずんと足早に歩きだす。西に折れ、下谷御成《したやおなり》街道に突き当たったと思えば、また南へ。

小春日和のうららかな午後である。又三を追う只次郎の額に、じっとりと汗が浮いてきた。

なんだか道行く人がみな幸せそうだ。これは只次郎の僻《ひが》みであろうか。

神田川に架かる筋違橋《すじかいばし》と、向こう岸の御門が見えてきた。その手前で足を止めれば、神田花房町《はなぶさちょう》である。

「ほい、着きやしたぜ」

そう言って又三が示した店の看板障子には、『酒肴《さけさかな》　ぜんや』の文字が黒々と。煮しめのにおいが往来まで漂ってくる。

「なんだい、これは。ケチな居酒屋じゃないか」

只次郎はがくりと肩を落とす。この世の菩薩《ぼさつ》に会えるものと思っていたのに、とんだ見込み違いである。

「ケチで悪かったね」

「ひぃっ」

存外に近いところで声がした。看板障子の後ろの開け放した格子戸から、浅黒い女の顔がにゅっと突き出してくる。

年増も年増、大年増だ。こめかみに膏薬《こうやく》を張り、お歯黒の剝《は》げかけた歯は一本欠けている。只次郎の母よりも、歳《とし》ははるかに上だろう。

「お酒ですか、お食事ですか」

声も酒やけしたように嗄《しゃが》れている。

これのどこがすこぶるつきの別嬪だ。

文句を言ってやりたいが、又三は「ひとまず三合ばかり懸けてくんねぇ」と、日の高いうちから飲《や》る気らしい。

いつもは一合八文の安酒を舐《な》めるように飲んでいるくせに、今日は只次郎という金主がいるせいで強気である。

今生最後の酒になるやもしれぬのに、なにが悲しゅうて婆《ばば》あの店で、むさくるしい男と差し向かいで飲まねばならないのか。

だが又三がうきうきと中に入ってしまったので、只次郎もしょうがなしにそれに続いた。生来波風を立てるのを嫌がる性分である。

床几《しょうぎ》が一つに小上がりがあるだけの、小ぢんまりとした店である。只次郎たちの他には職人風の男が一人、片足を上げて座る矢大臣《やだいじん》の格好で飯を食っていた。

入り口近くの土間に調理台があり、竈《かま》を据えてある。その横の見世棚には大皿に盛られた料理——里芋の煮ころばし、青菜のおひたし、卯《う》の花、根菜と厚揚げの煮物、こんにゃくのぴり辛煮——が並べられ、頼めば取り分けてくれるようだ。

「おいでなさいまし」

調理台の向こうから声をかけられて、はじめてそこに人が屈《かが》んでいたことに気づく。

振り返った只次郎は、呆《ほう》けたように口を開けた。声をかけてきた女が立ち上がり、裾《すそ》の乱れを直して微笑《ほほえ》みかけてくる。

生き菩薩様が、そこにいた。

二

「はい、どうぞ」

無愛想な婆あが運んできたちろりの酒は、ほどよいぬる燗《かん》につけてある。それをうっそりと盃に受け、数滴零《こぼ》しつつ口に運ぶ。只次郎の目はひとえに調理場の中に向けられている。

「ね、いい女でしょう」

含み笑いの又三が顔を寄せてくる。臭い息が顔にかかるが、少しも気にせずに只次郎はこくこくと首肯《しゅこう》した。

妖怪《ようかい》めいた大年増のほうではなく、調理場で包丁を握っている女こそが、噂《うわさ》のお妙なのだという。

紗《しゃ》がかって見えるほど色が白く、目元も唇も元から微笑んでいるかのようなたおやかさ。黒衿《くろえり》をかけた棒縞の地味な着物を着ていても、大奥のお中臈《ちゅうろう》もかくやという気品がある。

歳のころは二十六、七というところ。髪を丸髷《まるまげ》に結ってあるから独り身ではないのだろう。眉《まゆ》を落としていないところを見ると、子はないようだ。

只次郎の粘りつくような眼差《まなざ》しを感じたか、お妙がふいに顔を上げた。目と目が合うと、その微笑みがいっそう深くなる。

まるで胸の内をぎゅっと握られたようで、息が苦しい。それでも只次郎は顔を伏せることができずにいた。

「お妙さん、魚はなにがあるんで？」

又三もすっかり鼻の下を長くして、声の調子まで違っている。

「今日は鯖《さば》の一夜干しと、鮪《まぐろ》が」

「じゃ、ねぎまをおくれ」

「ですが、お連れ様が」

言葉を濁《にご》し、お妙が軽く首を傾げた。

襷《たすき》掛けをしているので、腕が肘《ひじ》まで覗《のぞ》けている。その内側の格別な白さに見とれていた只次郎が、ようやく我を取り戻す。

「いえ、平気です。いただきます」

鮪は下魚であり、またの名をシビという。死日に通ずるといって、まっとうな武士ならまず口にしない魚である。

「おかしなお武家様だよ」

お菜を運んできた大年増が、不審がるのも無理はない。

二本差しのくせに只次郎は小上がりに案内されようとするのを断って、鳥の糞買い風情と床几で酒を酌み交わしている。

威張《いば》るところがないというか、それともただの阿呆なのか。判断に苦しむところである。

「へい、ありがとよ」

折敷《おしき》の上にお代を置いて、職人風の男が立ち上がった。藍染《あいぞめ》職人なのだろう。手の先から肘まで、肌が薄い藍色に染まっている。出しなにひょいと調理台に寄り、葱をぶつ切りにするお妙に顔を近づけた。

男が耳元でなにやら囁《ささや》き、お妙が困ったように微笑む。どうも口説かれているらしい。

「なんだよ、あいつは」

目元の涼しげな、なかなかの色男だけに、よけいに腹が立つ。その一方で、男のあしらいに案外慣れていないらしいお妙の様子が、またそそる。

「邪魔だよ。食ったんならさっさと帰りな」

その点、大年増は歳のぶんだけ面の皮も厚い。犬を追い払うような仕草で手を振った。

「おいおい、なんでぇその仕打ちはよ。婆ぁてめぇ、客を舐めてやがんのか」

「大の男が出し殻みたいな婆ぁ相手に凄《すご》むのかい。恥を知りな」

男がチッと舌を鳴らす。口では勝てぬと判断したか、「覚えてやがれ」という捻《ひね》りのない文句を残して逃げ去った。

「すみません、お勝《かつ》ねえさん」

「本当にすまないと思ってんのかい。ありゃあ裏店に住んでる駄染《だぞ》め屋だろ。その気がないならピシャリと撥《は》ねつけてやりゃいいんだよ。しっかりおし」

どうやらお勝という名の大年増、愛想がないのは客に対してだけではないようだ。お妙が詫《わ》びるのをそれこそピシャリと撥ねつけて、フンと鼻を鳴らした。

そんなお勝を「ねえさん」と呼ぶお妙。二人にはどんな縁があるのだろう。実の姉妹にしては歳が離れすぎているし、芸者上がりとも思えない。

「まま、旦那。お妙さんとはあとでじっくり話すとして、食ってくだせぇよ」

又三が酒の肴を勧めてくる。自分で払うつもりもないくせに、調子のいい男である。

お妙のことを気にするあまり、盃も箸《はし》も進みそうにない。それでも只次郎は申し訳程度に、青菜のおひたしに箸をつけた。

「う、旨《うま》い!」

ひと口食べて、目を見張る。たかがおひたし、こんなものは家でも食えると侮っていた。

よく見れば使われている青菜は一種類ではない。小松菜、春菊、三つ葉をサッと茹《ゆ》でて、生姜《しょうが》汁と柚子《ゆず》皮の風味でまとめてある。

この爽《さわ》やかさは、酒はもちろん、お茶受けにもなりそうだ。

「でしょ」と又三はしたり顔。この居酒屋に通うのは、お妙が目当てというだけではないのだろう。

只次郎は生き菩薩を眺めることも忘れ、しばし料理に夢中になった。

里芋の煮ころばしと思われたものは、煮た芋を半分ほどすり潰して共和《ともあ》えにしてある。

ねっとりと舌に絡みつく粘り。それを辛口の酒でじわりと流す。旨い。酒も芋も、際限なく入ってしまいそうである。

次に根菜と厚揚げの煮物。煮る前にごま油と酒で炒《いた》めてあるのか、口に入れたとたんに香ばしい。芋と思いきや、櫛形《くしがた》に切ったくわいが紛れていた。シャキッとした歯《は》応《ごた》えが、口の中を楽しませる。

　どれもこれも、居酒屋にありがちな献立だ。それが少しの手間と工夫によって、ちょっとよそにはないものに仕上がっている。

　そこにお妙という人の心配りが見えるようで、只次郎はしびれた。胸の内だけでなく胃の腑《ふ》まで、しっかりと摑《つか》まれてしまったのである。

「お待たせしました」

　そこへお妙が自ら、湯気の立つねぎまを平椀《ひらわん》に盛って運んできた。

　ねぎまは鮪と葱を出汁《だし》で煮た、これまた目新しさのない料理である。だがここでは鮪も葱も、炭火で軽く炙《あぶ》ってから煮てあった。

　こんがりとついた焼き目に、只次郎は唾《つば》を飲む。己で銘々椀に取り分けるや、ほふほふと息を吐きつつ搔《か》き込んだ。

「うま、うま、うまぁ！」

　鮪とは、これほど美味な魚だったのか。

　炙ったことで身に旨味がきゅっと凝集され、その脂が玉になって汁と溶け合う。葱もまた甘みが増して、これは抜群の相性である。

実のところ先刻は、死をも覚悟した身なればシビなる魚など恐るるに足らずという、開き直りの気持ちもあった。だがこんな旨いものを食ってしまうと、しみじみ思う。

「ああ、死にたくはないなぁ」

只次郎の武士らしからぬ発言に、お妙が花咲くような笑みを浮かべた。

「私はね、本当は商人になりたいんですよ」

いい按排《あんばい》に酔いの回ってきた只次郎。ねぎまはとうに食いつくし、追加で頼んだこんにゃくのぴり辛煮をつまみに盃を重ねている。

その愚痴《ぐち》をお妙が床几の端にちょいと掛けて、嫌な顔もせず聞いてくれるので、ますます調子が出てしまう。

「これでも『市井のお鳥掛り』なんて呼ばれていましてね。鶯の用事で大店《おおだな》に出入りすることもよくあるんです。頼めば養子先くらいは世話してくれると思うんですが、うちのほうで出しちゃくれないだろうなぁ」

家禄を継げぬ武家の次男坊が、商家へ婿養子に出されるのはべつに珍しいことではない。しかし只次郎の鶯飼いのおかげで困窮から抜け出せた林家では、金を生む次男坊を手放すつもりはないだろう。

生涯飼い殺しの身の上と、半ば諦《あきら》めてきたのだが。

「ああ、でも此度《こたび》のしくじりで、それどころじゃなくなってしまった。今や私は、明日をも知れぬ身なんだよ」

酒よりも自分に酔っている。只次郎は袂を顔に押し当てて、よよと泣くそぶりをする。

「なんだい、役者じゃあるまいし」

小上がりの縁に尻を乗せ、くつろいでいたお勝が「ケッ」と喉《のど》を鳴らした。

「そうそう、ちと大げさですぜ旦那。鶯の命と、人の命。どっちが重いかは、佐々木様とやらもよくご存じでさぁ」

又三もまた、湿っぽい酒は御免とばかりに只次郎の背を叩く。

「又三お前、本当にそう思うのかい。鶯飼いの嵌《は》まりっぷりは、お前だって知ってるだろう」

「うっ」

陰気な目つきで睨《にら》まれて、又三は言葉を失った。

鶯飼いにはそれに惑溺《わくでき》するあまり、金に糸目をつけぬお大尽が多くいる。おかげで只次郎の懐は潤っているわけだが、そのぶん下手を打ったときの損失も大きかろう。

「そもそも佐々木様は父の上役なのをいいことに、タダで鶯を押しつけてきたんだよ。本鳴きにはまだ早いと言っているのにさ。そんな無理を通す人が、お咎《とが》めなしで許してくださるとは思えないんだ」

話しているうちに、どんどん気が滅入《めい》ってきた。只次郎は唇の端を引きつらせ、こんにゃくを口に放《ほう》り込む。

やはり旨い。味が染みやすいよう、こんにゃくの表面に格子状の細かな切れ目が入っている。

上髭《じょうたぼ》の笑顔に、旨い料理。

これが見納め食い納めかと思えば、世の理不尽が身にしみた。

「でもつまるところは私の過失だね。厠《かわや》に立つ前に、鳥籠を片しておけばよかったんだよ」

ため息がつい、重苦しくなる。

小鳥には水浴びが欠かせない。夏なら日に四、五回。冬でも二回は水浴用の籠に移し、如雨露《じょうろ》で水をかけてやる。

今日はいい日和だったので、そのあと縁側に出して日向《ひなた》ぼっこをさせていたのだ。腹に急な差し込みがきたのは、その最中だった。

只次郎は慌てて厠に駆け込んだ。しぶり腹が治まるまでに、四半刻《しはんとき》（三十分）はかかっただろうか。

脂汗を拭って離れに戻ってみると、佐々木様の鶯が消えていたのである。

「鶯は、この季節には鳴かないのですか」

打ちひしがれる只次郎を慰《なぐさ》めるでもなく、お妙が質問を差し挟んだ。

声が鈴のように軽やかで、いくらかは胸が晴れる。

「ホーホケキョという本鳴きはしませんが、チチチと地鳴きはしますよ。殊に鶯の地鳴きは、笹鳴《ささな》きと呼ぶんです」

おそらく俳句に詠むときに、「鶯の地鳴き」では文字数を取ってしまうので風雅な名を宛《あて》がったのだろう。このことからも鶯という鳥が、いかに広く愛されているかがよく分かる。

「お妙さんは、どう思います。私の命運を占ってくださいよ」

話しているうちに難問がひとりでに片づくという、お妙の評判を思い出して只次郎は身を乗り出した。

「近いよ」と、お勝が横から茶々を入れる。

「さぁ。お武家様のことは、私には」

お妙はといえば、困り顔で微笑むばかりだ。

「ですよねぇ」

大息をつき、只次郎は盃を干した。

お妙に尋ねたところで、答えが得られるとは思っていない。その眉を下げた微笑みを、拝めただけでもよしとしよう。

「困り顔といえばうちの義姉上《あねうえ》だけれど、ずいぶん違うものだなぁ」

只次郎は自分でも眉間《みけん》に指を当て、クイッと上に引っ張った。

お妙がくすくすと笑いながら、空になった盃にちろりの酒を注《つ》いでくれる。これはいい気分だ。

「たしかになぁ。色が黒いのはしょうがねぇとして、あれはもちっと愛想がよくなきゃいけねぇよ」

お葉の容貌《ようぼう》を知る又三が、只次郎に同意する。

「そうだね、女はなにより愛嬌《あいきよう》だ」

お勝までが頷《うなず》いているのは、冗談のつもりなのだろうか。

「でしょう。兄上に『牛蒡殿』と馬鹿にされたところで、まともに取り合わずに笑ってりゃいいんだ。損な性分なんだよ。義姉上のことは嫌いじゃないが、姪っ子が似なくてよかったと思ってしまう」

　舌が軽いのは酒のせい。お妙の酌でだんだん愉快になってきた。

　はれ、ここはもう極楽だろうか。

「姪御さん、お幾つなんですか」

　なるほど、お妙は聞き上手なのだ。話を愚痴に留《とど》まらせず、別の道へと誘導してゆく。

「五つです。三つになる甥《おい》っ子もおりますよ」

「あら、それは可愛《かわい》い盛りですね」

「そうなんです。甥っ子はまだ義姉にべったりですが、姪っ子はいっぱしの口を利くようになってきましてね」

「叔父上」と、弾《はじ》けるように笑うお栄を瞼《まぶた》の裏に思い描く。なんでも知りたがる年頃で、鶯の世話もよく手伝ってくれた。

「あの子には、ひもじい思いをさせたくはないんだがなぁ」

　只次郎の鶯商いが駄目になってしまったら、林家の家計はたちまち火の車となるだろう。お栄はまだ、食うや食わずの暮らしを知らないのだ。

　あのえくぼの浮く福々とした頰が、見る影もなく痩《や》せ細ってしまったら。想像するだに胸が痛む。

「佐々木様の鶯にも、可哀想《かわいそう》なことをしてしまったよ。さぞや恐ろしかったろう」

そうしみじみと呟《つぶや》いて、只次郎はふいに小骨のような引っかかりを胸に覚えた。

「鶯は、この季節には鳴かないのですか」という、お妙の声が蘇《よみがえ》る。

猫に襲われたとなれば、鶯は身も世もなく鳴くだろう。厠は母屋寄りにあるとはいえ、鳥の声が届かぬほど遠くもない。

だいいち只次郎が戻ったあとの縁側に、さほどの乱れはなかったのだ。いかにか弱い鶯といえ、食われまいと抵抗すれば、もっと羽が抜けて飛び散るだろう。

無事だったルリオとて、ずいぶん怖い思いをしたろうに、取り乱した様子もなく落ち着いていた。

「あれは本当に、猫に襲われたのだろうか」

どうも分からなくなってきた。

考え込んでしまった只次郎をよそに、又三が空の盃をお妙に差し出す。ちろりの酒は、その一杯でもう仕舞いのようだ。

「新しいのをつけましょうか」

「いや、もう結構。それより飯がいいね」

酒は三合を二度頼んでいる。このあたりがほどよい酔い加減というものだろう。

「はい、心得ております」

お妙が微笑みを残して立ち上がった。調理場へと向かう尻つきの、なんと優美なこと。もの思いにとらわれている只次郎は、惜しいことに気づかずにいる。

ほどなくしてお妙が、小ぶりの土鍋《どなべ》を折敷に載せて戻ってきた。汁ものと、大根の甘漬けも添えてある。

「お待たせしました」

お妙が布巾を手にして土鍋の蓋《ふた》を取る。

ふわりと立ち昇った湯気と、鼻孔《びこう》をくすぐる甘くて香ばしい香り。これには只次郎も正気に返った。

「えっ、炊《た》きたてなんですか」

江戸では一日の飯を朝に炊く。ゆえに朝餉《あさげ》は温かい飯にありつけるが、昼と夜は冷飯か湯漬けである。

「はい。これがなによりの贅沢《ぜいたく》ですから」

只次郎の驚きを受けて、お妙が嬉《うれ》しそうに笑った。又三が最後に飯を頼むとみて、七厘で炊いて蒸らしてあったのだろう。

「ははっ、違いねぇ」

盃に残っていた酒を干して、又三がさっそく飯を取り分ける。ちょうど茶碗《ちゃわん》に二膳《ぜん》分。こんもりといい形に盛れた。

ふつふつと立ち上がる飯粒と、ほのかについたおこげの色。充分に飲み食いしたはずなのに、勝手に唾が湧《わ》いてくる。

茶碗を手に取り、只次郎は口いっぱいに飯を頬張った。

「はふぅ」

もはや言葉も出てこない。

幸せだ。たとえお先は真っ暗でも、今だけは間違いなく幸せだ。

汁は味噌《みそ》仕立て、たねは焼き豆腐。

そういえば鯖の一夜干しがあると言っていた。出汁はそのアラで引いたのだろう。臓腑《ぞうふ》に染みわたるような深みがある。

大根の甘漬けがまた、ほのかな酸味があとを引いて、いっそう飯が進むのだ。

又三もご満悦の様子である。音を立てて汁を啜り込み、「ふぅ」と長く息をつく。

男二人の食いっぷりに、お勝は「意地汚いねぇ」と毒づきつつも、悪い気はしていないようだ。

またたく間に食い終えて、只次郎は膨れた腹を撫《な》でた。

「ああ、帰りたくないなぁ」

あまりの充足感に、ぽろりと本音がこぼれ落ちる。

家に帰れば嫌でも憂き世に引き戻されるのだ。もうしばらくはお妙の癒《いや》しに触れていたい。

「冗談じゃない。これ以上あんたの愚痴を聞かされちゃあ、耳が腐って落ちちまうよ。払うもん払って、さっさと帰りな」

それなのにお勝ときたら、取りつく島もない。この女は客を追い立てるのを喜びとしているのだろうか。

「はいはい、分かりましたよ」

言い返せば倍返ってきそうなお勝相手に、意地を張る気概など只次郎にはない。唇を尖《とが》らせて立ち上がる。

お妙が告げた代金は、只次郎の胸算用よりずいぶん安かった。居酒屋の相場の値ではあるのだが、それに勝る値打ちを感じていたからだろう。

「ありがとうございます。またお越しください」

あたりまえの文句で送り出す、お妙の笑顔に後ろ髪引かれる思いである。

「ええ、もはや今生で会うことはないかもしれませんが」

只次郎は哀感たっぷりに別れを告げる。

手くらいは握ってもかまわないだろうかと思案していると、お妙がその微笑みをいっそう深くした。

「大丈夫です。きっとまた会えますよ」

居酒屋『ぜんや』の前で又三と別れ、只次郎は酔いざましにふらふらと、下谷広小路の賑《にぎ》わいを冷やかした。

父母に詫びねばならぬのに、酒の匂《にお》いをさせていては大変と、水茶屋で麦湯を一杯飲んでから帰路につく。

それでもまだ昼八つ半（午後三時）。日が沈むのが早くなってきたとはいえ、この時間では充分に明るい。

手のひらに息を吹きかけ、その匂いを嗅《か》ぎながら只次郎は通用門をくぐる。父は夕番で夕七つ（午後四時）までの勤めであるから、帰宅まではまだ間がある。

まず着替えてから母屋で待とう。そう考えて、まっすぐ離れへと向かった。

「うわっ！」

玄関の戸を開けて、只次郎は飛び上がる。

どういうわけだか兄嫁のお葉が、上り口で平伏していたのである。

その傍らでは姪のお栄が、お葉に頭を押さえつけられて、やはり板間に額をこすりつけていた。

「なにごとですか、義姉上」

「申し訳もございません」

うろたえる只次郎にわけも話さず、お葉は悲痛な声を出す。「ございません」と、お栄も母の口ぶりを真似《まね》た。

「ひとまず顔を上げてください。ほら、お栄も。いったい、なにがあったというんだい？」

促されて顔を上げたお栄の瞳は潤んでいる。すでに泣いたあとなのか、桃色の頰に涙のあとが残っていた。

「叔父上、ごめんなさい」

新たな涙がぽろぽろと、湧き上がっては零れ落ちてゆく。只次郎は懐から手拭《てぬぐ》いを取り出して、それを優しく拭ってやった。

「泣いてちゃ分からないよ。ほら、怒らないから言ってごらん」

「いいえ、どうかきつく叱《しか》ってくださいまし。でないとしめしがつきません」

お葉はかたくなに、両手をついたままである。そして血でも吐くような勢いでこう告げた。

「大切なお預かりものの鶯を、この栄が隠していたのでございます」

あまりのことに、ほのかに残っていた酒気もひと息に消え去った。

只次郎はただ呆然《ぼうぜん》と、泣きたてるお栄を見下ろしていた。

三

「灯台もと暗しとは、まさにそのことだね」

そう言って菱屋《ひしや》のご隠居が、どっしりとした腹を揺らして笑う。

鶯騒動から数えて三日。大伝馬町《おおでんまちよう》の太物屋《ふともの》、菱屋の内所である。

押しも押されもせぬ大店だが、ここのご隠居はルリオの評判を聞きつけて、真っ先に「売ってくれ」と声を上げた好事家《こうずか》である。売れぬという只次郎に、「では鳴きつけを生業《なりわい》にしては」と口添えしてくれたのもこの人だ。

「ええ、本当に。気が抜けましたよ」

鶯について、ご隠居に教えられたことは数多い。師であり一番のお得意様であり、よき話し相手でもある。

只次郎はご隠居の気取らないところに懐いているし、ご隠居もまた武士らしからぬ只次郎を可愛がっていた。

「でもどうして姪御は、鶯を隠してしまったんだい」

「ええ、それなんですがね」

お栄に問いただすと、涙ながらにわけを聞かせてくれた。

その前の晩、例のごとく兄の重正が酒に酔い、お葉を「牛蒡殿」とくさしたらしい。それがずいぶんしつこくて、お葉はこっそり水屋で涙を拭っていたという。

そんな一部始終を見ていたお栄である。翌日叔父の離れに遊びに行ってみると、縁側に鶯を残したまま席を外しているではないか。

「チチチ」と鳴く鶯を眺めるうちに、幼い心にむくむくと、悪い雲が湧いてくる。鶯の糞は肌を白くすると、聞いたことがあるのを覚えていた。

叔父はまだ、戻ってくる気配がない。お栄は辺りをさっと見回し、履いていた足袋を脱いだ。今のうちにと手前の籠の鶯をむんずと摑み、その中に押し込んで逃げたのである。

「糞が肌にいいことも、鶯を摑むコツも、小さな袋に入れると暴れないということも、教えたのは私なんですけどね」

それがまさか、こんな形で裏目に出るとは。

鶯が幼い手から逃れて飛び去ってしまうおそれもあったのだ。そうならなくてよかったと、あとから胸を撫で下ろした。

「親を思う子の心だね。鶯の糞くらい、分けてやればいいじゃないですか」

「ええ、私もそう言ったんですよ」

だがお葉は「とんでもない」と、申し出を撥ねつけた。

「わたくしの肌が少しばかり白くなったところで、なんの得がございましょう。糞とて売れば銭になるものを」

まったく、あっぱれな嫁である。

「そりゃあいいや」

ご隠居はひとしきり笑うと、衿を引きしめて急に真顔になった。

「だがあれだね。そんなことがあったんじゃ、この先お前さんに安心して鶯を預けることはできやしないねぇ」

これには只次郎も、どきりとして居住まいを正す。

「いいえ、姪っ子にはきつく言い聞かせました。私もこれからは、たとえ粗相をしたとしても厠に立つ前に鶯を片づけますので」

「汚いねぇ。冗談ですよ」

ご隠居が冷めた顔で扇を弄《もてあそ》ぶ。その愛鳥ハナが籠桶《こおけ》の中で、カサコソと身動きをする音がした。

「けれども信用にかかわることですからね。他のお得意様の前じゃ、この話はしちゃいけませんよ」

「はい、肝に銘じます」

さすが大店の主《あるじ》だった人である。ふだんの物腰は柔らかだが、商売の話になると常人にはない凄味が滲《にじ》む。

菱屋で買い物をすると、菱模様を染め抜いた風呂敷《ふろしき》で包んでくれるのだが、それを思いついたのがこのご隠居だ。只次郎は大いに汗をかいた。

だが扇を開いて顔を煽《あお》ぎだしたのは、ご隠居のほうである。

「ご隠居、暑いんですか？」

数日前とは違い、今日の空は薄曇り。日陰に入ればひやりとする。

「なんてことはない。ちょっとばかり、のぼせただけだよ」

「まさか、どこかお悪いんじゃ？」

第二の父とも慕う人である。只次郎は顔を曇らせた。

「残念ながら、医者の見立てじゃなんともないよ」

「じゃ、なにか気掛かりでも？」

「気掛かり。ああ、そうかもしれないね」

こんなに歯切れの悪いご隠居も珍しい。

体はなんともないと言われても、歳が歳だ。病は気からという言葉もある。なにか手助けできないかと考えて、只次郎はぽんと膝を打った。

「ご隠居、これからなにか用事がおありですか」

「ご存じどおりの楽隠居だからね。急ぐようなことはなにもありませんよ」

「それなら、気散じに参りましょう」

只次郎が菱屋のご隠居を伴って向かったのは、もちろん居酒屋『ぜんや』である。

医者の見立ては正しいようで、駕籠を頼みましょうかという只次郎の申し出を断って、ご隠居は外神田まで、危なげない足取りで歩き通した。

足腰と食欲さえしっかりしていれば、人はどうにか生きてゆける。それに旨い料理とお妙の微笑みが加われば、これ以上は望むべくもない。

「なに締まりのない顔してんだい」

だが「こんにちは」と『ぜんや』の敷居を跨《また》いだとたん、お勝の毒舌につかまった。

「明日をも知れぬ身と言ってたお人が、ずいぶん呑気《のんき》なもんじゃないか」

「はぁ、すみません」

死ぬの生きるのとひとしきり騒いだ手前、気まずさは隠せない。もじもじしていると、お妙が「おいでなさいまし」と出迎えた。

まるではじめから来るのが分かっていたかのようなさりげなさである。

「はい、本当にまた会えました」

これには只次郎も苦笑い。お妙の読みは大当たりである。

「それにしても、今日はずいぶんご大層な人を連れておいでだね」

着ているものから、どこぞのお大尽と推量したのだろう。お勝がジロリとご隠居に目を向けた。

相手の身分によらず、一貫して無愛想で通すあたり、いっそ清々《すがすが》しい。

「この方は、菱屋のご隠居ですよ」

「大伝馬町の？　まぁ、むさ苦しいところですみません」

口ではへりくだってみせるお妙の笑顔も、只次郎に向けるものとなんら変わりはない。

慇懃すぎるのを煩《うるさ》く感じる質《たち》のご隠居は、かえって気をよくしたようだ。

「これはまた、いい女じゃないか」

小上がりに通されてから只次郎に身を寄せて、そんなことを言ってきた。

只次郎はなぜか誇らしげに胸を張る。

「でしょう。お妙さんというんです」

「まるで天女だね」

「いえいえ、菩薩ですよ」

「どっちでもいいけど、丸聞こえだよ」

間もなく夕七つになろうというのに、他に客はない。大皿の棚の前でお菜を取り分けていたお勝が、こちらに首を伸ばして怒鳴った。

一夜干しの鯖の切り身が、皮に脂の爆《は》ぜたあとを残し、ほくほくと湯気を上げている。箸を入れるとパリッと音がし、ふっくらとした身に皮ぎしの脂が染みてゆく。

「う、まぁい!」

塩加減もちょうどいい。只次郎は思わず天を仰いだ。

向かいに座るご隠居は、卯の花を口に入れて目を細めている。しっとりと出汁が染みて口当たりがいいのは、仕上げに溶き卵を回し入れているのだ。

「まぁ、そうでしたか。姪っ子さんが鶯を」

ちょうど先日の騒動の顛末《てんまつ》を、話して聞かせていたところである。お妙はさして驚くそぶりも見せず、微笑みながら相槌《あいづち》を打つ。

「やっぱり、小さくても女の子なんですねぇ。容貌をけなされる辛《つら》さは、女同士でないと分からないでしょう」

なるほど、そういうものかと只次郎は目を瞬《しばた》いた。

お栄は女の子だからよけいに、母に同情する気持ちが強かったのだろう。もっともお妙の容姿なら、そんな辛さを味わったことはなさそうだが。

「いや私もね、猫に襲われたにしちゃ様子がおかしいなと思ってはいたんですよ。鶯の鳴き騒ぐ声が、ちっとも聞こえませんでしたからね」

お妙に指摘されるまで鳴き声のことなどさっぱり忘れていたくせに、只次郎は得意満面である。

お勝が口を挟みたそうにしているのを、お妙がそっと目で制した。

「子供というのは案外、親のことをよく見ているもんですよ。鶯だって、親に教えられた歌を覚えて鳴くんだからね」

ご隠居は卯の花と芋の煮ころばしを気に入ったらしい。箸先にちょんとつけて、舐めては酒を飲んでいる。なんともせせこましい食べかたである。

「そういやルリオも、勝手に美声になったわけじゃないんですよ。ちょうど巣離れのころに、庭の梅の木に雄の鶯が来るようになりましてね。これがいい声で鳴くんです。今思えばあれがルリオの、実の親だったのかもしれませんねぇ」

自然の鶯はヒナが一人歩きできるほどになると、それを集めて親が鳴き声を聴かせるのである。そして雄のヒナたちは親の鳴きかたをそっくり覚え、翌年の春にはその声で雌を呼ぶ。

ルリオは大雨のせいで親とはぐれてしまったわけだが、親のほうではルリオの無事を知っていたのかもしれない。

親の思いと子の慕わしさ。それが合わさってルリオの美声ができたのだ。

「親から教えられた歌は、なかなか忘れないものだからねぇ。私もうんと小さいころにおっ母さんが教えてくれた歌が、まだ抜けずにいますよ」

「へぇ。ちょっと、歌ってみてくださいよ」

「なに言ってんだい。嫌ですよ」

只次郎に促され、ご隠居が苦り切った顔をする。

だが酒の勢いというものがある。「もったいぶらないでくださいよぅ」とのせられるうちに、ついに渋い喉を披露した。

「あの鳥どっから追ってきた、信濃《しなの》の国から追ってきた、なに持って追ってきた、柴抜いて追ってきた、柴の鳥も河辺《かば》の鳥も、立ちやがれ、ほーいほい」

いかにも童歌らしい、素朴な節回しである。

歌い終えるとご隠居は、盃を取って酒で喉を潤した。

「ほぉ、はじめて聴く歌ですね」

「そりゃそうだろうね」

そう言ってご隠居はうつむきがちに片笑んだ。芋の煮ころばしにちょいと箸をつけてから、「はぁ」と大きく息をつく。

「そのおっ母さんも、とうの昔に亡くしちまった。親しかった人はもう、みんなあの世の住人です。お花《はな》にも先立たれて、私ゃ張り合いを失っちまいましたよ」

涙声である。懐かしい歌のしらべに、昔のことが思い起こされたのだろう。

「えっ、でもハナはまだ生きているじゃありませんか」

先ほど菱屋の内所で様子を見せてもらったばかりである。「とや」と呼ばれる羽が生え換わる時期を無事に終えて、鶯のハナは元気そうだった。

「違うよ。死んだ家内のほうだよ」

只次郎がご隠居とかかわりを持ったころには、お内儀はすでに故人となっていた。だからその名を鶯につけて愛《め》でていたとは、思いもよらぬことである。ご隠居の、執着の深さが偲《しの》ばれた。

「そのお花がおとつい夢枕《ゆめまくら》に立ってね。久しぶりだと喜んだのもつかの間、私をひどく責めるんだ。『あなたはどうせ、私よりもお仙《せん》さんのほうが好きだったんでしょう』とね」

「お仙さんとは？」

「笠森《かさもり》お仙だよ」

思わぬ有名どころが出てきたものだ。

お仙は明和《めいわ》の三大美人とうたわれた、笠森稲荷門前の茶屋の看板娘だった人である。その美貌が評判になったのは二十年ほど前のこと。お仙を描いた鈴木《すずき》春信《はるのぶ》の錦絵《にしきえ》が出回っているので、只次郎のごとき若輩者にもその名は知れ渡っている。

「あのお仙とご隠居の間に、いったいなにがあったんですか」

「言うほどのことはない。ちょっとばかし前掛けなんぞを贈っただけですよ。健気《けなげ》な、可愛い子だったからね。応援してやりたかったんです。色とか恋とか、そういうことじゃなかったんだ」

ご隠居がスンと鼻を鳴らす。

まともに話を聞いているのはもはや只次郎だけである。お妙はいつの間にか調理場に戻っており、お勝に至っては床几に寄りかかって、楊枝で耳の穴をほじくっている。それでもご隠居はじっと目を瞑《つむ》って先を続ける。聞き手の有無はすでに問題ではないのだろう。

「前掛けのことが知れてもお花は、『先代の目の黒いうちは、そういうことは控えてください』と、毅然《きぜん》としたものだったが、女心は傷ついていたのかもしれないね。夢で知らせてくるなんて、きっとあの世に行ってもまだ根に持っているんだろう」

ご隠居が言っていた「気掛かり」とは、もしやこのことだったのだろうか。

なんてことはない、ただの惚気《のろけ》ではないか。

「いや、ご隠居ほどの人が、浮気もせずお内儀ひと筋だったことのほうが驚きですが――」

只次郎は困って頬を掻いた。長年連れ添って死に別れた夫婦のことに、口を挟めるほど男女のことに聡《さと》くはない。そんな夢を見ること自体、ひとえにご隠居のお内儀に対する思慕の強さだと思うのだが。

「あの、お妙さん」

炊きたての飯でも頼んで場の流れを変えようと、只次郎は顔を上げる。それを見越してか、お妙はすでに土鍋を火にかけていた。

「すみません、飯を」

「はい、お待ちください」

しばらくして、お妙が土鍋を運んできた。しかし先日のように、汁も漬物もついていない。

「ご飯の前に、蕎麦《そば》粉のいいのが入ったので、よろしければ」

そう言って、お妙が土鍋の蓋を取る。

ふわりと香ばしい湯気が立ち、姿を現したのは柿《かき》の葉の形に作られた蕎麦がきである。

ふっくらとした見た目からして旨そうだ。

別の器に注がれた蕎麦つゆにつけて食べるらしい。薬味は山葵《わさび》と大根おろし。

でもいい蕎麦粉があるのなら、蕎麦切りが食べたかった。そう思う只次郎、旗本とて江戸っ子である。

箸を取って、只次郎はぎょっとした。

蕎麦がきを見たご隠居が、両の目から滝のように涙を流していたのである。

四

少量の湯に浸《つ》かった蕎麦がきは、箸を入れるとしっとりと吸いついてくる。

つゆはやや濃いめに作られているようだ。まずはそのまま、薬味なしで口に入れる。

もっちり、ふわふわ。その軽やかさは、体が浮き上がったのかと疑うほど。爽やかな蕎麦の香りが鼻に抜けてゆく。

「はぁ、こりゃたまらん」

目を赤く腫《は》らしたご隠居が、感に堪えないといった面持ちで息をついた。

山葵や大根おろしを載せると、ひたすら柔らかで素朴な口あたりが引き締まり、酒にはこちらのほうが合う。

「見苦しいところをお見せして、すみませんでしたね」

目頭に溜《た》まった涙を懐紙に吸わせ、ご隠居ははにかんだように笑った。

それでも気まずさが抜けないのだろう。「歳を取るとあちこち緩くなっていけないね」と、言いわけを重ねた。

「私の国許《くにもと》では蕎麦切りなんて、めったに口にできるもんじゃなくてね。おっ母さんが作ってくれたのは、もっぱらこの蕎麦がきだったんですよ。お花にも頼んで、よく作ってもらったもんだ。あいつは江戸の生まれだから、『変なものがお好きですね』と笑っていたっけね」

聞けばご隠居は、越後《えちご》の生まれなのだという。

菱屋は越後から奉公に出た先々代が、のれん分けという形で店を開いたのがはじまりだ。その奉公人の多くは伝手《つて》のある国許から集められ、ご隠居は九つのときに小僧奉公に上がったそうである。

「あんまり懐かしくって、目が馬鹿になってしまったよ。お妙さん、ありがとう。でもどうして、蕎麦がきなんか拵《こしら》えようと思ったんだい」

そう問われて、小上がりの脇に控えていたお妙が頬を緩ませた。

「さっき歌っておいでだったのは、鳥追い歌でしょう」

江戸生まれの只次郎が知らなかったのも道理である。鳥追い歌は雪深い地方の村の、小正月の行事に歌うものだ。

田畑に害する鳥を追い払うため、村の若者や子供たちが杓子《しゃくし》や棒を打ち鳴らし、歌を歌って家々を回り歩く行事である。

「良人《おっと》が信濃の出で、よく似た歌を知っていたんです」

ご隠居の歌によると、鳥は信濃の国から追われてきたことになっていた。きっと同じ風習が、その地方にもあるのだろう。

越後と信濃、どちらも蕎麦の産地である。

「なるほど、ご明察だね。私が小僧上がりだってことを知る人は、もうそんなに多くはないんですよ」

蕎麦がきを綺麗《きれい》に食べ終えて、ご隠居は丁寧に箸を揃《そろ》える。

その仕草ひとつを取っても、田舎くさいところはない。むしろ生まれながらにして大店の主となるべく定められたかのような、威厳さえ漂っている。

「先代からの信用だけでのし上がった身ですからね。お花は悋気《りんき》からじゃなく本当に、私を案じて身を慎めと言ってくれたのかもしれないねぇ」

お花は菱屋の総領娘。小僧上がりで婿養子のご隠居は、頭が上がらなかったことだろう。そりゃあ、浮気などできるはずもない。

「居酒屋で飲むのもずいぶん久しぶりですが、なかなかいいものだ。長らく胸につかえていたものが、すっと溶けたようですよ」

「いいえ、ただのお口汚しで」

お妙は微笑みをたたえたまま、柔らかに腰を折った。

「それにしても鶯の鳴き声の話から、とんだところに逸《そ》れてしまいました。いやはや、お恥ずかしい」

「平気ですよ。こないだどこぞのお武家様も、取るに足りぬ愚痴を零して行かれましたからね」

ようやく己の職分を思い出したか、お勝が空になった鍋と椀を下げにくる。まったく、憎たらしいことを言う婆あだ。

「でも、それほど逸れているわけでもないんじゃありませんか。鶯が鳴くのは、連れ合いを呼ぶためなんですから」

この場を取りまとめようとした只次郎にも、お勝は突っかかってくる。

「はん。青二才が知ったふうなことを」

「ひどいですよ、お勝さん」

只次郎は唇を尖らせた。そういう仕草が青二才と呼ばれる所以《ゆえん》である。

ご隠居は只次郎とお勝の言い合いなど気にも留めず、続けてお妙に話しかけた。

「それでその、信濃の出というご亭主はどちらに？」

「実は私も、連れ合いに先立たれた側でして」

「おや、まだ若い身で。それはお辛いことでしたねぇ」

慰めの言葉をかけられて、お妙は力なく微笑んだ。

そのしんみりとした気配を蹴散らすように、只次郎が「えっ、そうだったんですか」と驚きの声を上げる。

「後家だからって、みだりに手を出すんじゃないよ」

お勝がすかさず釘《くぎ》を刺した。

「なに言ってるんですか。下心なんかありませんよ」

「さぁ、どうだか」

只次郎の慌てっぷりに、お妙は「うふふ」と声を洩《も》らす。

「そろそろご飯が蒸れたでしょうから、持ってきますすね」

そう言い残して、身を翻《ひるがえ》した。

外はすでに暮れ果てて、職人風の男が通りを家路へと急いでいる。そのうちの一人がふと思いついたように、「八文二合半《こなから》」と声をかけて入ってきた。

さてまだ恋も知らぬ若鶯が、歌を覚えるのはいつの日か。
神田川がさらさらと、満月に満たぬ月を映して流れてゆく。

六花

一

霜月《しもつき》ともなればじわじわと、寒さが身に染みてくる。

肩先に冷えを感じ、お妙は夢から引き戻された。

やや遅れてぶるっと震えがくる。己を抱きしめ、腕をさすった。

夜の長い季節である。暗闇《くらやみ》はまだ去らず、明け六つ（午前六時）の鐘までには間がありそうだ。

もう少し寝ておこうと、夜着の中に縮こまる。

だが冷えが眠気を追い払い、思惑とは逆に目が冴《さ》えてきた。

「こっちへおいで」と、体を温めてくれる人はもういない。

あの人はいつだって嫌な顔ひとつせず、冷たい手足を包んでくれた。

良人《おっと》を亡くして、もうすぐ一年。一人寝の寂しさにはまだ慣れない。

指先でそっと目尻《めじり》を拭《ぬぐ》い、二度寝を諦《あきら》めて起き上がる。温《ぬく》もりの移った夜着を、肩に羽織った。

さっきまで、なにかいい夢を見ていたような気がする。

だけどもう、少しも思い出せなかった。


冬のよく晴れた朝は、周りの気配がピンと張りつめて、かえって寒い。

雪でも降ればまだ暖かく感じられるものを、江戸に初雪の声はまだ聞こえない。

お妙の良人の訃音《ふいん》がもたらされたのも、身を切るような寒い朝だった。気が塞《ふさ》ぐのは、そのせいだろう。

そんなときは、忙しく立ち働いていたほうがいい。

神田花房町、居酒屋『ぜんや』。良人の善助《ぜんすけ》が遺《のこ》してくれた店である。

先に湯屋へ行って身支度を整えてから、お妙はきりりと襷《たすき》を締めた。

竈《かま》に火を入れ、水を張った鍋《なべ》をかける。湯気が出はじめたころには、湯冷めしかけた体も、いくらか温まってきた。

食材はすでに、出入りの魚屋や青物屋から運び込まれている。足りない物があれば棒手振《ぼてふ》りを呼び止めればいい。

冬だからこそ、青菜は欠かしたくないところ。沸騰した湯に小松菜と春菊をサッと放つ。

茹《ゆ》で上がってから、これだけでは口当たりが物足りないと、葱《ねぎ》を細く切って軽く湯通ししたのを加えてみた。

少量の醤油《しょうゆ》で醤油洗いをし、生姜汁《しょうがじる》と味醂《みりん》を回しかければ――。

「うん、美味《おい》しい」

味見をして、満足げに頷《うなず》いた。

芋の煮ころばしの、半量を潰《つぶ》して和《あ》える共和えは受けがいいからまた作るとして、さて、あとはどうしようか。

その日の気分と材料で献立を考える、このひとときがお妙は好きだ。一流の料理人のような腕がない代わり、ほんのひと工夫を凝らそうとする。その真心は、食べる側にも自然と伝わるものである。

「う、まぁい!」と呆《ほう》けたように天を仰ぐ、若いお武家様の顔がふいに浮かんだ。

お妙は忍び笑いを洩《も》らし、大根を銀杏《いちょうぎ》切りにする。

寒いので、根菜はのっぺい汁にすることにした。葛《くず》でとろみをつけた具沢山の汁は、酒のお供にもなるだろう。

鰹節《かつおぶし》で取った出汁《だし》に、大根、牛蒡《ごぼう》、里芋、人参《にんじん》、油揚げ、干し椎茸《しいたけ》と戻し汁を入れ、グツグツと煮る。

もうもうと上がる湯気の中に、ほのかな土の香りを感じた。深い滋養のにおいである。

さて、今日の魚は白魚《しらうお》だ。今年の初物で、身が透けるほど美しい。

お妙の好みはかき揚げか卵とじ。だがきらきらと輝く白魚を見ていたら、火を通してしまうのが惜しくなってきた。

ここはやはり生で、生姜醤油。いや、酢醤油に芥子《からし》。

ああ、それよりも――。

お妙はにんまりと笑い、煮物に入れるつもりで買っておいた昆布を手に取った。

二

「はぁ、うまい」

喜びを噛《か》みしめるように目を細め、林只次郎が唸《うな》っている。

のっぺい汁の湯気をふうふうと吹いて、もうひと口啜《すす》り込む。汁には少量の山葵《わさび》を添えてあり、溶かしながら飲むと風味の変化を楽しめるはずだ。

「腹の底から温まりますねぇ。こりゃたまらん」

この若者を見ていると、顔が勝手に笑ってしまう。実に旨《うま》そうに、ものを食う。

「火傷《やけど》をしないように、ゆっくり召しあがってくださいね」

お武家様のくせに、構えたところのない男である。そもそもが、鶯《うぐいす》の糞《ふん》買いの又三に連れられてやって来た。

「本当は商人になりたい」などと口走る、一風変わったお人である。

実際に鶯飼いを通して大店《おおだな》のお歴々とも繋《つな》がりがあるようで、先日は大伝馬町菱屋のご隠居を伴って、ひょっこりと現れた。あのときは内心慌てたものだ。

「いやぁ。これはまた、懐かしい味ですねぇ」

そのご隠居は小上がりの衝立《ついたて》越しに、炊きたての飯を頬張《ほおば》っている。

意外に鄙《ひな》びた食を好む老人のために、ムカゴ飯を拵《こしら》えた。どうやらお気に召したようだ。

「ところでご隠居、なんでいるんですか」

只次郎が衝立を挟んで背中合わせになったご隠居に、声をかける。

「そりゃ私だって飯くらい食いますよ」

「でも、毎日来てません？」

「いくらなんでも、そこまで暇じゃありません。お前様こそ、いつ来てもいる気がするんだがね」

武家の次男坊と大店のご隠居、どちらも便々と日を送る身ゆえか、三日に上げず通ってくる。今やすっかりこの店の、お馴染《なじ》みである。

「アタシに言わせりゃ、どっちも暇人だよ。衝立越しに言い合ってないで、一緒に食やいいじゃないか」

そんなお得意様に、給仕のお勝はにべもない。浅黒い頬を歪《ゆが》め、舌打ちをした。

「そうですよ、ご隠居。知らない仲じゃねぇんですから、ご一緒しましょうや」

にこやかに同席を勧めるのは、只次郎の連れである。

三十路《みそじ》手前の、役者のような男ぶり。新川沿いに蔵を構える酒問屋、升川屋《ますかわや》の主人なのだという。

「升川屋さんこそ、新酒の時分でお忙しいんじゃ？　こんな武士崩れにつき合っててていいんですかね」

「お陰様で、うちは先代からの奉公人がしっかりしてますんで。ご心配にゃ及びませんよ」

「ちょっと。武士崩れって、なんでそんなひどいこと言うんですか。ご隠居のときと同じですよ。升川屋さんがなにやらお悩みのようなんで、お連れしたまでです」

武士崩れとまでは言わないが、只次郎が武士らしからぬことは間違いがない。

もとより『ぜんや』は庶民向けの居酒屋であり、舌の肥えたお大尽の来るような店ではないのだ。それなのに只次郎ときたら、格式の違いなど物ともせず、気安く人を連れてくる。

なにより体面を重んじる武士の家に生まれ、どうすればこれほど奔放《ほんぽう》に育つのか。連れて来た客が小ぢんまりとした店を見てどう思うのかという心配は、胸をかすめもしないらしい。

「すみません、こんなところまでお越しいただいて」

なんだか申し訳なくて、お妙が代わりに謝った。

「いいえ。べつに、無理に連れて来られたわけじゃねぇんで」

升川屋喜兵衛《きへえ》が笑いかけてくる。

引き締まった頬が緩み、どきりとするほど親しみやすい顔になった。

「あっ、お妙さん。この人、ついこの間嫁をもらったばかりなんですよ」

微笑《ほほえ》み合う二人が似合いの美男美女であることに、今さら気づいてしまったようだ。

只次郎が慌てて釘《くぎ》を刺す。

実はご隠居の機嫌が悪いのも、色男の升川屋を不用心にお妙に近づけたからなのだが、そうとは知らぬ只次郎である。

「あら、それはおめでとうございます」

「いや、親父《おやじ》が頓死《とんし》しちまって、遊んでばかりもいられなくなったもんで」

「ホントにね。コロリと死んじまいやがって。あいつの業はもっと深いはずなんだがねぇ」

ご隠居が蕪《かぶ》の浅漬けをパリパリと嚙《か》みながら悪態づく。升川屋の先代とは、旧知の仲であるらしい。

そしてその先代が遺した鶯の、面倒を見ているのが只次郎というわけだ。

お妙は頭を巡らせる。ご隠居の言うとおり、今は新酒の頃おいだ。

酒といえば上方《かみがた》からの下り物。初物好きの江戸っ子のために、大坂と西宮の樽廻船《たるかいせん》問屋が新酒を積み込んだ船の先着を競う、新酒番船という行事が催される。

江戸の酒問屋では見張り番を出して、船の到着を今か今かと待ち受ける。品川沖に船が着いたかと思えば、伝馬船に積み替えて、酒問屋の蔵が建ち並ぶ新川まで最後の競争だ。

普通なら十日以上かかる道のりを、三日四日で運んでしまうのだから、その熱気は相当なもの。升川屋の主《あるじ》ともあろう者が、のんべんだらりとしていられるはずもない。

ましてや歳若《とし》い喜兵衛に代替わりをしたばかり。その肩にかかる責任は決して軽いものではなかろう。

それがまだ夕七つ（午後四時）というのに只次郎の誘いに乗って、こんなところまで来てしまうとは。

つまり、それだけ悩みが深いということだろう。

お妙は心の中だけで嘆息する。

自分はべつに、八卦見《はっけみ》や人相見の類《たぐい》ではない。なのにどういうわけだか只次郎は、嬉々《きき》として悩める人を斡旋《あっせん》しようとするのである。

来てくれるのは嬉しいけれど、あまり心頼みにされても困るのだが——。

「おや、お妙さん。素敵ですね、その前掛け」

お妙の心中は察せずとも、そういうところには頭が向く。只次郎が新しくなった鱗《うろこ》紋の前掛けに目を留めた。

「ありがとうございます。先ほどご隠居さんにいただきまして」

「ご隠居、またですか」

「おや、なにが『また』なんだい」

ご隠居は飯についてきたから汁（おからの味噌汁《みそしる》）を啜っている。なに食わぬ顔である。

「まったく進歩がありませんよ。昔、笠森お仙にも前掛けをやったんでしょう」

「応援しているだけですよ。昔と違って私にゃ、遠慮しなきゃいけない相手もいませんしね」

「お内儀だってもう、呆《あき》れて夢枕《ゆめまくら》にも立ちゃしませんよ」

「なにさ。そう言うお前様こそ、鶯の糞をこっそり貢いでいるそうじゃないですか」

「糞くらいいいでしょ、糞くらい。うちにあるんですから」

「うちにもあるんです、前掛けは。太物《ふともの》屋ですんで」

「ああもう、やかましいねぇ。面と向かって話しなよ」

業を煮やしたお勝が裾《すそ》の乱れも気にかけず、小上がりに踏み込んだ。問答無用で衝立を取り払い、さっさと隅に寄せてしまう。

賑《にぎ》やかである。お妙はうふふと口元を押さえた。

女手一つで居酒屋を切り盛りしはじめてからは不安しかなく、客に足元を見られることも多い。酒が入ると気が大きくなり、尻くらい撫《な》でさせろと迫る輩《やから》もいる。

そういう手合いはお勝が手荒く追い返してくれるのだが、自分がもっとしっかりしていればと、落ち込んでばかりの毎日だった。

ところが只次郎がいるだけで、どういうわけだか店の景色が明るくなる。本人はお勝に厭味《いやみ》を言われたり、ご隠居にからかわれたりしているだけなのだが。笑い声が上がっていると他の客も無体を働きづらくなるのか、このところ平穏に日々が過ぎていた。

そろそろ酒の切れる頃合いだろう。語らいの邪魔にならぬよう、お妙はそっと調理場に戻る。ちろりに酒を注《つ》ぎ、湯の沸いた銅壺《どうこ》に沈めておいた。

「升川屋のご新造さんは、上方の人でしたっけね」

しぶしぶながら同席することになったご隠居が、升川屋に話を振っている。

「ええ、灘《なだ》の造り酒屋の娘でして」

「歳はいくつだい」

「十八です」

色男からご新造の話を聞き出そうとしているのは、これまたお妙に対する予防線なのだろう。ご隠居は「なるほどね」と頷いた。

「灘も今さら、江戸との繋がりを失うわけにはいきませんしね」

升川屋はそれに苦い笑いを返し、クイッと喉《のど》を見せて盃を干す。

残り少なになったちろりを手にし、只次郎がこちらを振り返った。

「すみません、お妙さん。酒をもう三合ほど」

「はい、かしこまりました」

「それと、今日の魚はなんですか」

その質問を待っていた。

「白魚です」と答え、お妙はさりげなく微笑んだ。


「お待たせしました」

そう声をかけて、折敷《おしき》に載せた小鉢を置く。

「白魚か、初物だね」と江戸っ子らしく喜んでいた升川屋が、その中をちょっと覗《のぞ》いて見当はずれという顔をした。

白魚は生のまま、細切りの昆布と和えて胡麻《ごま》をかけてある。だがその身は透明ではなく、薄茶色に染まっていた。

「ま、いいから食べてごらんなさいよ」

すでに飯まで終えて浅漬けで酒を飲んでいるご隠居が、心得顔で二人を促す。

さっきはこの人も「これ、ちょっと古いんじゃないかい」と疑っていたくせに、妙に嬉《うれ》しそうである。

「じゃ、いただきます」

疑う心の薄い只次郎から先に箸《はし》をつけた。

「あ、旨い！」と、意外そうに目を見開く。

升川屋もようやく箸を取り、少量を口に含んだ。その頬がじわりと緩んでゆく。

「昆布締《こぶじ》めにしてみました」

手応《てごた》えに満足して、お妙は微笑む。

「上方ではよく、白身魚をサッと昆布で締めて出しますから。それをふと思い出したんです」

新鮮な白魚とはいえ、酒を欲する客が来るのはどうしても夕方以降になる。ならばその間の刻《とき》を使って、より旨くできないものかと考えた。

数刻のうちに昆布が白魚独特の苦みを吸い取り、反対に白魚には昆布の旨みが染みてゆく。締めた昆布はもったいないので細く刻み、白魚と和えてみた。

「こりゃ旨い。そのままで食うよりいいかもしんねぇ」

言葉以上に升川屋の感動は、箸の動きでよく分かる。

「春菊と合わせてかき揚げにしようかとも思ったんですが――」

「それも食いたいです！」

只次郎が勢いよく顔を上げた。もはや満腹であろうご隠居までが、「私も」と頷いている。

「では次に白魚が入ったら、かき揚げにしますね」

「いや、半分はかき揚げで、もう半分は昆布締めでお願いしますよ」

「かしこまりました」

ご隠居の細かい注文にも笑顔で返す。嬉しいことだ。それだけ昆布締めを気に入ってくれたのだろう。

「上方の料理にはお詳しいんで？」

白魚の旨みと昆布の粘りを辛口《からくち》の酒で流しつつ、升川屋が尋ねてくる。

お妙はお勝を横目に窺《うかが》った。

お勝はだるそうに床几《しょうぎ》に腰かけ、煙管《きせる》を吹かしはじめている。こちらの話を聞いてはいるが、割り込む気はないようだ。

「十《とお》になるまで、実は上方にいたんですよ。言葉はすっかり抜けてしまいましたけど、味はたまにふっと思い出すんです」

「そうだったんですか。お妙さんのもの柔らかさは、そこからきてるんですね」

酔いが回ってきたのか、只次郎の首がほんのりと赤い。好意を隠せぬ男である。

「私はなんとなくそんな気がしてましたよ。いいもんだね、東男に京女ってのは」

ご隠居はご隠居で、そんなふうに余裕ぶる。お妙のことについては只次郎より先んじていたいようである。

「いえ、京ではなく堺《さかい》なんです」

「それがまた、なんで――」

なんで江戸に、と続けるつもりだったのだろう。

ところが只次郎の声は、盃を置いてがばりと頭を下げた升川屋に遮られた。

「お妙さん、お願いだ」

「いやだ、どうなさったんですか」

お妙が顔を上げさせようとうろたえる。升川屋は耳を貸さずに先を続けた。

「どうか、うちの女房が食える料理を作っちゃくんねぇか!」

さすがのお勝もこれには驚いたようで、立ち上がってこちらを見ている。

お妙はお勝と目を見交わして、困ったように首を傾《かし》げた。

三

居酒屋『ぜんや』は昼餉《ひるげ》の客のために、朝四つ半（午前十一時）ごろに店を開ける。さっそく顔を見せるのは、裏長屋のおかみ連中である。

亭主の留守に一人分の膳《ぜん》を拵えるのも面倒だ。お妙とは女同士の気安さもあり、

「ちょいとこの鍋に、湯豆腐でも入れとくれよ」とやって来る。

ついでにお菜を二つ三つ買って帰り、あたかも自分が作ったように、夕餉に出すこともあるようだ。お勝に「とんだぐうたらだ」と悪態づかれているが、そのお勝とて余ったお菜を持ち帰っているのだから、人のことは言えまい。

「ああ、冷えるねぇ。寒い寒い」

今日の客は左官の女房のおえんである。むっちりと肥えた女で、寒いと言うわりに衿《えり》の合わせがゆったりしている。

「そういやこないだ言ってた矢場の女、お妙ちゃんの言うとおりアタシの勘違いだったわ」

大きな声でからからと笑う。気風《きっぷ》がよくて楽しい女だが、悋気《りんき》の強いのが難である。先日も、神田明神下の矢場女と亭主がいい仲ではないかと疑っていた。というのも、神田明神の末社の仕事と言いながら、亭主が矢場に入って行ったからである。

矢場女は矢を拾うだけでなく客も取る。そういうところに入ったのを見たと、わざ

わざ言いつける者も浅はかだが、すぐ真に受けるおえんはもっと軽率だ。

あのときは「帰って来たらとっちめてやる」と、顔を真っ赤にして怒っていた。

「なんでも、矢場の内壁を塗る仕事だったんだってさ。左官仲間に聞いたんだから、確かだよ。アタシが変に勘繰らないようにと嘘《うそ》をついたのが、仇《あだ》になっちゃったんだね」

「そうでしょう。大事な仕事道具を持ってそんなところに出入りするなんて、やっぱりおかしいもの」

納豆汁を作ろうと、お妙は擂鉢《すりばち》で納豆をあたっていた。その手をいったん止めて、おえんのために豆腐を切る。

料理ができるまでの、女同士の無駄話がささやかな楽しみだ。男衆の相手をするときよりも、気が寛げる。

「あの亭主のご面相なら、心配しなくてもモテやしないよ。なのにアンタときたら、尻尾《しっぽ》振った道端の雌犬にまで焼き餅《もち》を焼きそうだ」

「はん。人様の擂粉木《すりこぎ》を、勝手に拝借しようって女がいるからいけないのさ」

お勝の悪態にも、おえんは平然と言い返す。鼻を鳴らして、擂鉢に寝かせてある擂粉木を顎《あご》でしゃくった。

「ちょっと、おえんさん」

「後家のくせに、変なところ初心《うぶ》だよねぇ」

顔を赤らめたお妙をからかって、おえんは愉快そうに笑う。

その悪ふざけが癇《かん》に障ったのだろう。お勝が床几に寄りかかり、腕を組んだ。

「そうだね。どうせこの子は悋気を起こす相手もいない後家さ」

「あ。やだね、アタシったら配慮がなくて。ごめんよ、お妙ちゃん」

決して悪気はないものの、口が過ぎる人はどこにでもいる。お妙は「いいえ」と頭を振り、切った豆腐を湯に放った。

「そろそろ一年だっけ？　早いねぇ」

おえんもまた、感慨深げに目を伏せる。

「あの日の朝は、アタシたちも驚いたよ」

お妙はなにも言わず、大根の切り口に鷹《たか》の爪《つめ》を差し込んで、もみじおろしを作りはじめた。

あの身も凍るほどの朝。神田川に土左衛門が浮いたという報《しら》せに、お妙は取るものも取り敢えず家を飛び出した。

というのも古い知り合いに会うと言って夜に出かけたっきり、良人の善助がついに帰らなかったからである。

ひと晩くらいなんだと笑われるかもしれないが、そんなことはかつてなく、お妙はまんじりともせず帰りを待っていた。息を切らして和泉《いずみ》橋の船着き場に駆けつけてみれば、筵《むしろ》に横たえられていた仏は顔が膨れて定かでなくとも、間違いなく善助であった。

歯の並び、耳の形、膝《ひざ》に残る古い傷。お妙には分かった。各部位の小さなしるしが、良人のものだった。

その口から毛穴から、強い酒のにおいがしていた。同心の見立てでは、酒に酔って橋から落ちたのだろうという。

水をずいぶん飲んでおり、膨れた胸を押すと多量に吐いた。さだめし苦しかったであろう。

「お妙ちゃん、もう充分だよ」

おえんに声をかけられて、我に返った。大きな鉢にこんもりと、もみじおろしができていた。

「アンタもさ、まだ若いんだから、元気出しなよ」

この一年、ことあるごとにそう言われてきた。そんなおせっかいな励ましに、もうなにも感じなくなっている。

おえんが持ってきた土鍋に温めた豆腐を入れ、もみじおろしを添えてやる。「ありがと」と蓋《ふた》を閉め、去り際におえんが言った。

「そういや昨日、このへんでお妙ちゃんのこと聞き回ってる男がいたよ。武家の下男風だったけど、アンタまた誰かに惚《ほ》れられたんじゃないの」

「はぁ」と、お妙は気のない返事をした。

パチパチと薪《まき》が爆《は》ぜ、ぐらぐらと湯が煮える。

おえんが帰ったあとは、なにげない音がやけに大きい。

この大量に余ったもみじおろしはどうしてくれよう。

呆然《ぼうぜん》と立ち尽くしていると、お勝が見世棚に並べた料理の皿から、膾《なます》をひょいとつまんで口に入れた。

「いやだ、お勝ねえさん」

お勝の不作法を諫《いさ》めて笑う。かつて塞ぎ込むお妙に「嘘でも笑ってりゃ、そのうち気持ちが追いついてくる」と教えたのは、この愛想のない女である。

「升川屋からの依頼、受けるのかい？」

「どうして？」

「だってほら、これ」

そう言って、お勝が膾の皿を指差した。具は細切りにした大根と干し柿である。

「アンタ江戸に出て来たばかりのころ、こればっか食ってたじゃないか」

升川屋が女房に料理を作ってくれと頭を下げたのは、三日前のことだった。

灘から嫁してきたというご新造、名をお志乃《しの》というらしいが、江戸のものが口に合わず、みるみるやせ細って可哀想《かわいそう》なほどだという。

「食えるのはせいぜい飯と香の物くれぇのもんで、味噌汁やすまし汁すらいけねぇ。味が濃いと言うから薄くすりゃ、今度は深みがないと言う。少しずつ江戸の舌に慣らしてやりてぇとは思うが、どうすりゃいいものか」

菱屋や升川屋ほどの大店ともなれば、ご新造が直接台所に立って包丁を振るうことはない。親元でもそのつもりで、料理を仕込んではいないのだろう。だからお志乃自身にも、味つけをどう変えればいいのか分からないのだ。

「醤油も味噌も、上方のものとは違いますからね。味の染み込む煮物や汁は、特に慣れないと思います」

お妙も江戸に来たばかりのころは、醤油の味があまりしない膾ばかり食っていた。

特に大根と干し柿の膾は、まだ子供だったこともあり、その甘みを喜んだものだ。

おそらく、とお妙は頭をひねる。

灘の酒といえば伊丹《いたみ》や池田といった古くからの酒造区域に比べて新来だが、港が近いこともあり、ほんの三十年ほどで江戸に下る酒の約半分を占めるまでになった。

ところが昨今の締めつけ厳しいご政道は、江戸の金が他所《よそ》に流れるのを嫌い、上方、特に灘の酒の入津量を制限するようになってしまった。さらに今年になってからは、江戸周辺の地廻《じまわ》り酒を奨励し、関東上酒御免酒というのを試作しはじめている。

この幕府肝入りの試みが成功すれば、灘の造り酒屋にとっても下り酒問屋にとっても、大きな痛手である。ご隠居が「灘も今さら、江戸との繋がりを失うわけにはいきませんしね」と言ったとおり、ここでしっかりと手を組んでおく必要があったはずだ。

家同士の繋がりを強くする手段は婚姻と、昔から相場が決まっている。家が大きければ大きいほど、本人の意思とは関係なしの縁組になるものだが、それにしても寄るかたない江戸に遣《や》られて、お志乃はさぞ心細い思いをしているだろう。

その心中を思えば、手を貸してやりたくもなる。

だがお妙は、ゆっくりと頭を振った。

「升川屋さんほどになれば、もっと相応《ふさわ》しい料理屋があるはずだもの。うちみたいに小さな居酒屋が出しゃばることではないわ」

升川屋に断りを入れたのと似た文句を繰り返し、お妙は中断していた作業に戻ろうと、擂粉木を手に取った。ねばねばと糸を引く納豆を、根気よくすり潰す。

「だけど升川屋からは、もう少し考えてくれと言ってきてるじゃないか。本当に困ってんじゃないのかい」

「そうかもしれないけど——」

「なにを遠慮することがあるんだい。お上の締めつけのせいで百川《ももかわ》も山藤《さんとう》も葛西太郎《かさいたろう》も、いまいちパッとしないっていうじゃないか」

お勝が挙げたのは、どれも評判のあった料理茶屋である。だがそんな通人の通う店と『ぜんや』を同列に語られても困るのだ。

「お勝ねえさんは、お受けしたほうがいいと思うの？」

「いい悪いじゃなく、アンタずっと迷いながらこの店やってんだろ。気働きも料理もいいのに、アンタにゃ自信が足りないよ」

痛いところを突かれてお妙は口を閉ざした。

善助と共に店を切り盛りしていたころは、酔客のあしらいや金勘定、苦手なことはすべて良人がやってくれた。お妙はただ、好きな料理のことだけ考えていればよかったのである。

なのに頼みの善助に先立たれ、お妙は屋根につかまったまま足場を外されたような心境だ。必死にしがみついていないと落ちてしまう。自信など持てるはずがない。

だがいつまでも下を向いているわけにはいかなかった。

「ごめんください」と声をかけて、女が一人入ってきた。

「はい、おいでなさいまし」

声の抑揚が上方風だ。訝《いぶか》りながら、面を上げる。

揚げ帽子を被《かぶ》った若い女だ。

やや面やつれしてはいるが、控えめな化粧が初々しく、上品な鴇浅葱《ときあさぎ》の留袖《とめそで》がまだしっくりきていない。裕福な商家のご新造らしいが、実にいとけなく可憐《かれん》である。

「お妙さんゆうのは、あんさんですか」

お妙は「ああ」と声を上げそうになった。この見かけに上方訛《なま》り、おそらく升川屋のお志乃だろう。

「お嬢《とう》は——ご新造はん。あきまへん」

そのお志乃に、息を切らして追いついたお付きらしき女中が取りすがる。

こちらも上方の女のようだ。「ご新造はん」という呼び名にまだ慣れず、「お嬢はん」と呼びかけてしまうあたり、主の実家からつき従って来たのだろう。歳はお志乃より、二つ三つ上だろうか。

「ええ、妙は私ですが」

なんだかよく分からないが、可愛《かわい》らしい主従を落ち着かせようと、お妙はつとめて穏やかに微笑みかける。だが、それがいけなかった。

「なにがおかしいのん!」

お志乃が声を張り上げて、こちらに詰め寄ろうとする。その体を後ろから羽交い締めにして、女中が必死に踏ん張った。

それでも調理場に近づいたぶん、においが鼻についたのだろう。お志乃が眉間《みけん》に皺《しわ》を寄せる。

「いやや、なにこのにおい」

お妙は擂鉢の中を見下ろして、しまったと額に手を当てた。

「なにって、納豆じゃないか。上方にはないのかい?」

一日一度は納豆を食わねば気がすまないというお勝が口を挟む。納豆は江戸っ子の大好物である。

「いいえ、上方でも納豆汁はよく食べます。でもたしか、造り酒屋に納豆はご法度なんですよ。納豆の中に含まれるなにかが、お酒の味を変えてしまうんですって」

「なにかって、ただの大豆だろう」

「この粘りに秘密があるのかもしれませんよ」

日ごろから食べつけていない者にとって、このにおいは悪臭だろう。せっかく前に出たというのに、お志乃は二、三歩後退《あとずさ》った。

その距離からキッとお妙を睨《にら》みつけてくる。

「なんやの。あんさん、うちが誰かもう分かってるんやろう?」

「ええ。升川屋の、ご新造様」

「せやのになんで笑うてられるの。うちのこと、見縊《みくび》っておいでなんか」

「なんのことでしょう」

身に覚えのないことで、お妙は首を傾《かし》げるしかない。

「とぼけんといて。江戸の女なんか、納豆みたいにネバネバや。ほんまもう嫌。江戸の醤油臭い食べモンも、地味な着物も、だんさんも、大っ嫌いや」

ぽかんとするお妙の前で、お志乃はついに顔を覆って泣きだしてしまった。近づいて慰めようにも、おそらく体に納豆のにおいがついてしまっているだろう。

「お嬢――ご新造はん、ほら、帰りまひょ。駕籠《かご》を呼んでありますから」

躊躇《ちゅうちょ》しているうちにお付きの女中が、お志乃をなだめて外へと促す。

お志乃は「江戸の駕籠も嫌いやぁ」と泣きながら、背中を押されて出て行った。

最後に女中が申し訳程度に頭を下げる。お妙も合わせて会釈を返した。

「なんだったんだい」

昼間っから、立て続けの騒々しさである。

「さぁ。なにか思い違いがあるようで」

お志乃がお妙に抱いていたのは、あからさまな敵意だった。

どうしたことかと訝りつつ、お妙は手元に目を落とす。「人様の擂粉木」云々《うんぬん》という、おえんのあけすけな言葉がふと頭によぎった。

なるほど、そういうことか。

升川屋夫妻の悶着《もんちゃく》は、どうやら食だけに留《とど》まらぬようだ。

「えっ、升川屋さんですか。ええ、そりゃあのご面相ですから、浮いた話もあるでしょうが」

鼻の下を長くしてお妙の酌を受けていた只次郎が、額に皺を寄せて見上げてくる。

夕刻になりふらりと現れたこのお侍は、お大尽の連れがあれば小上がりに座るが、一人のときは床几を好む。そのほうが調理場で立ち働くお妙に近いからである。

「まぁそれでも、綺麗《きれい》なつき合いをしていたようですよ。いまだに切れてない女はいないんじゃないでしょうか」

なるほど升川屋喜兵衛、そのあたりも如才がないらしい。後々の面倒になるような女には、はじめから手を出さなかったのだろう。

「どうしたんですか、突然そんなことを聞いて。あっ、もしかして升川屋さんに惚れちゃったんじゃ」

一人早合点をして、焦りだす只次郎。だがお妙は耳を貸さず、口元に手を当てて考える。

しょうがない。料理のことだけなら他に適した人もあろうが、行き違いがあるなら解きほぐしておかねばなるまい。

「あの、お願いがあるのですが」

「はい、なんでしょう」

好いた女に頼られて、いい気のしないわけがない。只次郎は喜色もあらわに返事を返す。

「お暇のあるときに、ぜひお食事にいらしてくださいと、升川屋さんにお伝えいただけますか」

「えっ、じゃあやっぱりお妙さんは升川屋に――」

「ご新造様もご一緒に、と」

「あ、はい。そうういことですか、よかった」

只次郎はホッとしたように胸を撫で下ろし、納豆汁を旨そうに啜った。

四

お妙が只次郎に頼みごとをした前日の、十一月六日に大坂と西宮の港からそれぞれ漕《こ》ぎ出した新酒の番船が、江戸に着いたのは十日のこと。栄えある一番船の入津をひと目見ようと、新川沿いと橋の上には見物の客が押し寄せたそうだ。

その騒動の波も鎮まり、やっとひと息つけたであろう頃合いに、升川屋が妻のお志乃を伴って『ぜんや』を訪れた。

「ようこそ、このようなむさ苦しいところまでおいで願いまして」

升川屋喜兵衛に続いて入ってきたお志乃に、初対面のふりをして腰を折る。そんなお妙を一瞥《いちべつ》し、お志乃はふくれっ面で押し黙っている。

「どうぞ、こちらへ」と、お妙は二人を小上がりに導いた。

昼餉の時刻をやや過ぎており、他に客はいない。

お志乃のために考えた献立を食いたいと、菱屋のご隠居と只次郎がむずかっていたが、来るなら夕方にと言い含めておいた。家では姑《しゅうとめ》や使用人の目もあろうから、二人で寛げる場を作ってやりたかったのだ。

「ほら、足元気をつけな」

小上がりの段差で、升川屋がお志乃に手を差し伸べる。

お志乃は先ほどのむつけた顔はどこへやら。「あっ」と耳まで赤く染め、うつむいて手を引かれている。

「いや、今日はすまないね。でも引き受けてくれて助かった。実はその前からお妙さんのことは、こいつに話してあったんだがね」

夫婦はやや内向きに、並んで座った。升川屋が挨拶《あいさつ》を述べる間、お志乃がしきりに目配せを寄越してくる。

良人の話を聞いて真っ直ぐ『ぜんや』に乗り込んできたことについては、家中が新酒で忙しかったこともあり、まだばれてはいないらしい。

「いいえ。こちらこそなかなか色よい返事ができず、申し訳ございません。けれどもこの度は初々しいご新造様にお目にかかれて、喜んでおります」

笑顔で返すお妙に、告げ口される気遣いはないと悟ったのだろう。お志乃はわずかばかり肩の力を抜いて、被っていた揚げ帽子を取った。

そうやってちんまり座っていると、京人形のように愛らしい。升川屋に話しかけられるとすぐ真っ赤になり、注意が逸《そ》れるとたちまちお妙を睨みつけてくる。

その変わり身すら微笑ましい。家のための結婚とはいえ、いざ輿《こし》入れしてみると升川屋喜兵衛の男ぶりに、お志乃は心を奪われてしまったのだろう。

大店の箱入り娘である。恋と呼べるようなものは、これが初めてかもしれない。相手が出会ったばかりの良人というのは、幸か不幸か。

有頂天になったのもつかの間、こんないい男に自分以外の女がいないはずはないと、悋気の虫が湧《わ》いてくる。上方から嫁いできたのだから、なおのこと。江戸の女ほど良人の気持ちをくみ取ってやれぬという引け目が、疑う心を強くする。

そんな折に、お妙の名が升川屋の口から出たのだ。おのれ余所《よそ》の後家に店を持たせていたかと、生一本なお志乃の頭に血が上る。

それで先日の怒鳴り込みに繋がるわけだ。この想像はおそらく間違っていないだろう。

「さ、まずはお酒を」

突き刺さる視線に気づかぬふりで、お妙はちろりを差しだした。

その笑顔にお志乃は怯《ひる》んだようである。遠慮するように身を引いた。

「いや、こいつは酒がダメでね」

「あら、そうですか。じゃあご新造様から、旦那様に注いでさしあげてください。そのほうがきっと喜ばれますから」

「おいおい、照れるじゃねぇか」

どうやら升川屋、本当に照れている。酌をするお志乃の手が緊張で震えており、危なっかしくてかなわない。

「ああっ」

手元が狂い、升川屋の袖口に酒が二、三滴零《こぼ》れた。お志乃が哀れなほどうろたえる。

「すみません、旦那様」

「いい、いい、構わねぇ。それよりほら、上方風に言ってみてくれよ」

「すんまへん、だんさん」

潤んだ瞳《ひとみ》で柔らかな上方言葉を使う、お志乃の風情は女が見ても胸がきゅっと締めつけられる。升川屋も可愛くてたまらないというように目を細めた。

「はっ、こりゃ犬も食わねぇわ」

お勝がごく小さな声で呟《つぶや》く。

惚れ込んでいるのはお志乃ばかりではないと、誰の目にも明らかなのに、当の本人は恋を知ったばかり。大切にされているという実感よりも、不安に目が向いてしまうのだろう。

「お口に合うかどうか分かりませんが」

そう断って、お妙は定番の青菜の和え物を供した。

これなら醬油洗いはしてあるが、生姜汁が利いていてさっぱりと食せるはずである。

酒とは違い、醬油と味噌は地廻りのものが成功して多く出回っている。上方からの下り物がないわけではないが、地廻り物の倍ほどの値だ。

それにお志乃はこれから江戸に馴染んでゆかねばならないのだから、下り醬油、下り味噌は使わぬことにした。

「ほら、食ってみな。うめぇぞ」

こんな女の作ったものは意地でも食べたくない。お志乃の目がそう言っている。だが升川屋に勧められると急にしおらしくなり、小さく頷いて箸を取った。

「あれ、おいし――」

そう言いかけて、はっと口元を押さえる。

「だろ？」

升川屋は嬉しそうだ。

「お妙さん、どしどし持ってきてくんねぇ」

「はい、ただいま」

次もまた定番の里芋である。だが煮ころばしにすると味が染みすぎてしまうので、味噌を塗って田楽にした。

汁にすると抵抗のある食い慣れぬ味噌も、田楽味噌や舐《な》め味噌にすればそれほどでもなかろう。

お志乃ははじめ、色の濃い珍奇な味噌を、箸の先でちょんと突いて躊躇していた。だが升川屋が見守っているため、いつまでも迷っているわけにはいかない。覚悟を決めてほんの少量を切り分け、口へと運ぶ。

「江戸甘味噌といいます」

お志乃が驚いたように目を丸めるのを見て、お妙が解説を加えた。

「甘くて深みがあるでしょう。色はまったく違いますが、京の西京味噌を手本に作られた味噌ですよ」

聞いているのかいないのか、お志乃はなにも答えないが、次のひと口はさっきより
ずっと大きい。

じっと様子を窺《うかが》われても食いづらいだろう。お妙は調理場に引き返し、平皿に手早
く料理を盛りつける。

ここまでの感触は悪くない。このまま上手《うま》くいけばいいのだが。

「こちらは鱈《たら》の昆布締めです。醤油か柚子《ゆず》塩でお召し上がりください」

そう言って次の皿を差し出すと、升川屋は「ほう」と顎をしごいた。

「今日は白魚じゃねぇんだな」

「ええ。鱈のいいのが入りましたから」

海の深いところでじっくりと肥え太り、初雪の降るころに出回る鱈は、身が水っぽ
く淡泊なので昆布締めに適した魚だ。

水気を吸われたぶん昆布の旨みが染み込んで、その身はつやつやと飴色《あめいろ》に輝いてい
る。

「ああ、本当だ。こりゃうめぇ。鱈がぷりぷりしてやがる」

飲めないお志乃の手前、酒は控えめにしていたらしい升川屋が、たまらずキュッと

盃を干した。お志乃が健気《けなげ》にちろりの酒を注ぎ足してやる。

「ありがとよ。ほら、おめぇも食いな」

お志乃にとって昆布締めは、特別珍しいものではなかろう。だが柚子塩で食べたのははじめてらしく、頰を窪《くぼ》ませてうっとりしている。

柚子塩は皮を干して粉にし、荒塩を混ぜたものだ。昆布締めの旨みを引き立てて、すっと鼻に抜けてゆく。

その爽《さわ》やかな風味を楽しむうちに、ふいに険を冒す気になったのだろうか。お志乃が数切れめの鰆を、醬油の小皿に軽く浸した。

「あれ、なんで」

口に入れてしまってから、己の振る舞いに驚いている。

さっぱりとしているだけに、柚子塩だけでは食べ進むと物足らなくなってくるのだ。

そこで醬油の出番である。

鰆の身は醬油に濡《ぬ》れて、ねっとりとした口当たりに変わっただろう。

「関東の醬油も、つけ醬油にするとおいしいでしょう」

色は薄いが塩気の強いうすロ醬油より、まろやかな濃口醬油のほうが生の魚には合うのである。

こうやって少しずつ、食えそうなものから慣れていけばいいのだ。

「お口直しに」と、続けて出すのは大根と干し柿の膾。

その小鉢を見下ろして、お志乃がぽつりと呟いた。

「厭味やわ」

「えっ？」

「あんさん、うちを前にして、なんでそんなにこにこしていられるのん」

こちらはすでに涙声。お妙の如才なさに、大いに傷つけられたようである。

「料理が上手《うも》うて気が利いて、おまけに美人やなんて、ほんま厭味やわ」

升川屋を前にして、言わなくてもいいことまで口にしてしまう。この子はまだ幼いのだ。

「おいおい、なにを言いだすんだよ。お妙さんは、おめぇのために――」

「だんさんかて、造り酒屋の娘のくせに酒も飲めん、江戸にも馴染めんうちなんかより、この人のほうがええんでっしゃろ」

お志乃はついに、顔を覆って泣きだしてしまう。

その手を取って開かせ、升川屋がお志乃を覗き込んだ。

「おいまさか、俺とお妙さんの仲を疑ってんのか」

動揺のあまり、升川屋の声が荒くなっている。お志乃の膝に、はたはたと涙が降りかかった。

「泣くんじゃねぇよ。この人とは、ほら、鶯飼いの変わったお侍がいるだろ、あの人に連れて来られてついこの間会ったばかりだ。おかしな悋気を起こすんじゃねぇ」

今度は噛んで含めるような柔らかな声。大いに慌てふためいて、せっかくの色男も台無しである。

だが高ぶっているのは二人だけ。お勝などは床几に座り、白けてあくびを噛み殺している。

悋気は女のたしなみとも、七つ道具ともいう。

好いた女に焼きもちのひとつも焼かれないのは寂しいものだ。その点、升川屋は果報者といえるだろう。

お妙も一度だけ、良人に悋気を起こしたことがあった。古い知り合いに会うと言って出かけたまま、待てど暮らせど帰らなかったあのときだ。

古い知り合いとは、もしや女ではないかと気を揉《も》んで、眠気すらささなかった。

今でも思う。悋気に目を曇らされず、なにかあったのではないかと外へ探しに出ていれば、善助が溺《おぼ》れ死ぬこともなかったのではないかと。

きっとこの後悔は、一生ついてまわるのだろう。

「なぁ、お志乃。俺がどんだけお前のことを、心配したと思ってんだよ」

お志乃は案外しぶとい。升川屋が言葉をつくしても、恥ずかしいのか情けないのか、なかなか顔を上げようとしない。

差し出口とは知りながら、お妙はにっこり笑って口を挟む。

「そうですよ。升川屋さんははじめて会う私なんかに、頭まで下げてお願いなさったんですから」

「お、お妙さん」

夫婦とはいえ、まだ格好つけていたい新婚だ。升川屋が余計なことを言うなとばかりに声を上ずらせる。

だがお志乃は瞳に涙を溜《た》めたまま、「ほんまに?」と良人を見上げた。

「うちのために、ほんまにそこまでしてくれましたん?」

ほんのり赤らんだその顔は、子供っぽく見えて妙な色気がある。

これには升川屋も降参だ。「嬉しい」と微笑まれ、照れ隠しに頬を掻《か》いた。

「あと、これは私の見立てなんですが」

お妙は朗らかさを装って、さらに余計な世話を焼く。

「ご新造様の食が細かったのは、江戸のものが合わなかったというだけではないと思いますよ」

升川屋が案じ顔で妻を見遣った。当のお志乃も懐紙で涙を押さえ、きょとんとしている。

「おそらく、恋煩いではないかと」

言い当てられて、お志乃はハッと息を呑《の》んだ。右手を胸にやり、握りしめる。

「そういえば、江戸に来てからずっと、このへんがきゅうきゅう苦しゅうて」

白状してから恥ずかしくなったのか、袖で顔を隠してしまった。

その愛くるしい仕草に、升川屋が破顔する。

「なんだよそりゃ、馬鹿だなぁ」

「いや、馬鹿ゆわんといて。阿呆《あほ》てゆうて」

袖山から目だけ出して、媚《こ》びるように睨むお志乃である。

升川屋が幸せそうに、声を上げて笑った。

「ああ、痒《かゆ》い。痒いねぇ。頼むから続きは家でやっとくれ」

わざとらしく、お勝が首の後ろを掻く。憎まれ口を叩《たた》きながらも、にたにたと笑っている。

夫婦は目と目を見交わして、どちらからともなく微笑み合った。

「お妙さん、えらいすんまへん。うちの思い違いで、失礼なこと言うてしもうて」

涙をすっかり払ってから、お志乃が居住まいを正し、畳に手をつく。

心が落ち着いてさえいれば、きちんと礼儀を仕込まれたお嬢様なのだ。

「いいえ。それよりまだ鰤の蕪蒸《かぶらむ》しの用意があるんですが、召し上がります？」

「おおきに。いただきます」

お志乃が笑うと、小さな八重歯が零れる。升川屋が骨抜きになるのも納得の愛嬌《あいきよう》であった。

五

「どうぞ。器が熱いので気をつけてくださいね」

蒸し上がったばかりの蓋物を折敷に載せ、匙《さじ》を添えて出す。

冬に嬉しい蕪蒸し。蓋を取ればふわりと湯気が上がり、鼻先が美味しく湿る。

すりおろした蕪は積もった雪の見立て。匙を入れればもっちりと割れ、下に隠れた百合根《ゆりね》と銀杏《ぎんなん》、それから鰤の身が顔を出す。

とろりとした葛あんは、濃口醤油を少なめにして色を抑え、塩で味を調えた。そのまま食うもよし、山葵を溶かして風味をつけるもよし。

「ああ、あったまるぅ」

匙を口に運んだお志乃の肩から、余分な力がふうっと抜けた。

「お志乃、すまねぇ。お妙さん、急ぎでもう一合だけつけとくれ」

升川屋がそう言って、空になったちろりを振る。

「そんな、だんさん。お好きなだけ飲んでください」

温かいものを口にして、二人の仲もほぐれてゆく。どうにか上手くいったようだと、お妙は胸を撫で下ろした。

「うう、寒い寒い。あれ、升川屋さん。まだいたんですか」

そこへいつものように只次郎が、しきりに腕をさすりながらやって来た。外はよほど冷えるのだろう、鼻の頭を赤くしている。

「おいでなすったよ、やかましいのが」

「ちょっとお勝さん、それは客あしらいとしていかがなものかと」

お勝は只次郎が相手では、もはや床几から腰も上げない。

無精というより、からかって遊んでいるのである。お勝はこの変わり者のお武家様を、それなりに気に入っているようだ。

「しかし寒いはずです。雪が落ちてきましたよ、お妙さん」

よく見れば只次郎の髷《まげ》や肩先に、水の珠《たま》が浮いていた。

「あら、本当に」

やけに弾んだ気持ちになって、お妙は店先にちょっと顔を出す。

粉雪がさらさらと、風に吹かれて舞っている。神田川沿いのいつもの景色が急に淡く見えるのは、雪雲で空が塞がっているせいだ。

子供らが歓声を上げ、商家の女中らしき女が歩みを速める。雪の勢いが強くなってきた。

この雪は積もるだろうか。

人の世の幸、不幸もひっくるめ、すべて真っ白に覆い隠して。

「お妙さん、風邪をひきますよ」

店の中から只次郎が呼びかけてくる。

「はい」と振り返りざま、目に入った。

よろけ縞《じま》の着物の袖に、雪の花が六つの花弁を開いて咲いていた。

冬の蝶

一

坊主も走るという師走《しわす》である。

暇を持て余す旗本の次男坊とて、この月ばかりは悠長に構えてもいられない。

林只次郎は籠桶《こおけ》の掃除に取りかかりながら、あくびを一つ噛《か》み殺す。

籠桶とは、鶯《うぐいす》の籠《かご》を入れておくための桐《きり》製の箱である。そのうちの一面は、障子紙を貼《は》った開閉できる戸になっている。

「おはよう、ルリオ」

戸を開けて、止まり木の上でじっと瞼《まぶた》を閉じていた鶯に優しく声をかける。すでに明け六つ（午前六時）の鐘が鳴ったとはいえ、薄暗い籠桶に入れられていたルリオにとってはやっと来た朝である。

「チッチチ」と甘えるように鳴いて、餌《えさ》の催促をした。

「分かっているよ。でもちょっと待っておくれ」

続いて酒問屋の升川屋、味噌《みそ》屋の三河屋《みかわや》、白粉《おしろい》問屋の三文字屋《みもじや》、売薬商の俵屋《たわらや》、菓子屋の桔梗屋《ききょうや》、それぞれから預かっている鶯を起こしてゆく。

これらの鶯を正月朔日《さくじつ》までに「ホーホケキョ」と張りのある声で鳴くように仕上げるのが、只次郎の師走の仕事である。

本来鶯が鳴きはじめるのは立春を過ぎてから。しかも鳴きはじめはまだ声が細い。だが商家では「春告げ鳥」と呼ばれるめでたい鶯の声を、元日の訪問客に聞かせたいわけである。

ゆえに多少強引ではあるが、鶯に日が長くなったと思わせて早めに鳴くよう仕向けてやる。実際になにをするかというと、あぶるのである。

日没前から灯火をつけ、それを鶯に見せて体内の時計を狂わせる。これを俗に、あぶりという。

ただあぶればいいというものでもない。

はじめは四半刻《しはんとき》(三十分)、折を見てさらにもう四半刻と、あぶる時間を延ばしてゆく。だがあぶりすぎても体を壊してしまうし、鳴き出す頃合いも鶯によって違うので、細やかな管理が必要になる。

そこで、只次郎の出番となるわけだ。

「みんな、おはよう。元気そうだね、しっかり鳴いておくれよ」

人の言葉は通じずとも、只次郎は鶯たちによく話しかける。鳴きつけができるくらいだから、耳のいい鳥なのだ。声の調子だけでも大事にされていることは伝わるだろう。

只次郎はすべての籠を籠桶から出し、それぞれの鳥の様子をつぶさに観察する。

升川屋の鶯は胸に脂肪がつき、口の周りの黄色が濃くなってきた。これはまもなく鳴くだろう。

三河屋の鶯は肥えすぎだ。このままではいつまで経《た》っても鳴かぬおそれがあるから、一度広い籠に移して運動をさせてやるのも手である。

三文字屋の鶯は体が弱いらしい。あぶりの時間はまだ延ばさずに、滋養のあるものを食わせよう。

商家の鶯たちが鳴きはじめたら、ルリオと佐々木様から預かりっぱなしの鶯には、なるべく声が聞こえないように工夫してやらなければ。

この二羽には、あぶりを入れていない。早鳴きをさせた鶯は早めに鳴き終わってしまうので、初夏に孵《かえ》ったヒナたちに歌を教えなければいけないルリオには不向きである。そして父の上役の佐々木様は、早鳴きより鳴き声を正す鳴きつけのほうをお望みだ。

そんなことを考えつつ、空の籠桶を縁側に並べて朝の光に当てておく。籠の下に敷いた油紙にこびりついている糞《ふん》は、こそげ落としておけばあとで又三が買い取りにくる。

只次郎はそれからすり餌《え》作りに取りかかった。いい鶯を育てるコツは、なんと言っても餌作りである。

鮒粉《ふなこ》を多めにしたもの、青菜を多く入れたもの、その中間と、鶯の状態によっていくつかの餌を作り分ける。夏はすぐに餌が悪くなるので、午後にもう一度作り直さなければいけない。

その点冬は楽だが、日没前には家にいてあぶりをする必要があるから、夕刻は自由に動き回ることができない。昨年までは、出歩く先も特になかったわけだが——。

意中の人の微笑《ほほえ》みを頭に思い浮かべ、只次郎は切ない吐息をつくのであった。

「おい、只次郎。どこへ行くのだ」

お天道様《てんとうさま》がちょうど頭の真上にきたころ、そろそろ馴《な》染《じ》みの店に行こうかと離れを出た只次郎は、さっそく野太い声に呼び止められた。

母屋の裏口から顔を出したのは、兄の重正である。手には鍬《くわ》が握られており、庭の片隅にこしらえた菜園を耕そうと出てきたのだろう。よりによって、この人に見つかるとは。只次郎は心の中だけで泣き、曖昧《あいまい》な笑みを浮かべた。

兄は獅子頭《ししがしら》のような強面《こわもて》で、優男《やさおとこ》風の只次郎とは似ていない。修練を怠《おこた》らぬので体がごつく、押しのきく風貌《ふうぼう》をしている。また性格にも柔軟さが足りず、どこまでも正反対の兄弟であった。

「いえ、ちょっとばかり昼飯を食いに――」

「飯なら家で食えばいいではないか」

顔を合わせればすぐに説教がはじまる。只次郎の苦手は、この兄だ。

「そもそもお上が奢侈《しゃし》を禁じておるのに、人の手本となるべき武士がみだりに食い歩きをしておっては示しがつかぬではないか」

「そんな、過ぎた贅沢《ぜいたく》はしておりませんよ」

「酒気を帯びて帰ってくることが多いそうではないか。お主まさか、悪所通いに手を染めてはいまいな」

「おりません。清らかなものですよ」

「そのわりには、やけに嬉《うれ》しそうだったが」

それについては否とは言えない。離れを出るとき只次郎は、たしかにちょっと浮かれていた。恋しい人に会いに行くのだから、心持ちは馴染みの女に会いに行くようなものだろう。

「だいたいお主、鶯にかまけて近ごろすっかり道場から足が遠のいているではないか。できそこないの大根のように生っちろくて、それで武家の子弟と言えるのか」

「かまけてって――」

只次郎は呆《あき》れ、もはやこれ以上の問答を続ける気も失《う》せた。その鶯飼いこそが林家の糊口《ここう》を潤しているという事実を、この兄は今一つ飲み込めていないようである。

昨年お上によって出された棄捐《きえん》令により、旗本、御家人が札差《ふださし》から借りている金のうち、天明《てんめい》四年以前のものは棒引きとされた。しかし「それはありがたい」と喜んだのもつかの間のこと、なにかと物入りなこの年末に札差が貸し渋りをし、禄《ろく》の少ない武家ではいかにして正月を迎えたものかと頭を悩ませている。

百俵十人扶《ぶ》持《ち》の林家がそのような苦悩を抱えずにすんでいるのは、ひとえに只次郎の、ひいては鶯のおかげ。母と兄嫁は身に沁《し》みて分かっているというのに、この兄ときたら。

私だって、道楽でやれりゃ気が楽なんですがね。

そう言ってやれたら、少しは胸がすくだろう。だが経済の分からぬ者に口答えをしてもしょうがない。

そもそも只次郎の稼ぎがあれば、庭で細々と蔬菜《そさい》の類を育てる必要はないのだ。なのに兄は鋤鍬《すきくわ》を握ることを決してやめない。その手のマメは硬く、もはや破れることもないだろう。

「おい、只次郎。聞いておるのか」

厳しい顔で只次郎を詰《なじ》る、兄の目には嫌悪すら窺《うかが》える。

ああ、そうか。すとんと胸に落ちるものがあった。

兄にとって只次郎の功績は、分からないのではなく、認めてはいけないものなのだ。

父が役目に就いているかぎり、長男の重正とて同じ部屋住みの身の上である。

それなのに弟には父をしのぐほどの稼ぎがあり、自分にはなにもない。近い将来跡目を継いで禄を食《は》むことになったところで、弟の稼ぎをあてにすることになるだろう。

ゆえに兄は武士の矜持《きょうじ》にかけて、只次郎の鶯飼いを認めるわけにはいかないのだ。

その頑《かたく》なな心はこうした思惑を受け止めるのすら嫌い、はじめから「分からない」ということにしてしまっている。それでも心に残る只次郎への苛立《いらだ》ちは、弟の軟弱さのせいと解釈してしまえば辻褄《つじつま》が合う。

只次郎が兄を苦手とするのは、兄がそんなふうに自分を嫌っているからだ。ああ、くだらない。だから只次郎は己の才覚だけを頼みに生きてゆける、商人になりたいと思うのだ。

「どうだ、久しぶりに手合わせをしてみんか。ほれ、そうと決まればさっさと着替えてまいれ」

武術で只次郎を組み伏せるのは容易である。兄は日ごろの鬱憤《うっぷん》を晴らしたいのだろうか、一人で勝手に話を進めようとする。

「生憎《あいにく》のことに、このとおり」

只次郎はそう言って、両の手のひらを前に突き出した。

「しばらく竹刀を握らずにいるうちに、女のごとき手になってしまいました。兄上のお相手は、とても務まりますまい」

兄の顔にさっと朱が差した。頬《ほお》がふるふると震えている。

「お主には、恥というものがないのか」

「武家の次男坊など、生まれてきたこと自体が恥ですよ。林家を負って立つべき兄上とは、元より格が違いますゆえご容赦を」

「ふん。張り合いのない奴だ」

兄は鼻から盛大に息を吐き、只次郎に見切りをつけた。

こちらがへりくだれば溜飲《りゅういん》が下がり、矛を収める。ここ数年、兄とはその繰り返しである。

だからこそ、癒《いや》しを求めてあの店に足が向いてしまうのだ。

「失礼します」と断って兄の横をすり抜ける。

只次郎の心は早くも生き菩薩《ぼさつ》様の元に飛んでいた。

二

「お妙はん、この野菜の炊《た》いたん、えらい美味《おい》しいわぁ」

「お口に合いましたか。よかった」

「どうやって作りますのん」

「これは雲片《うんぺん》といって、切った具材をまずごま油で炒《いた》めてから、塩、酒、味醂《みりん》、醤油《しょうゆ》で味をつけて、椎茸《しいたけ》の戻し汁で煮るんです。最後に溶いた葛《くず》を回し入れて、出来上がり。汁仕立てにするとのっぺい汁になりますよ」

「ふんふん、なるほど。おつな、よう覚えといてや」

「へぇ、お嬢《とう》――ご新造はん」

小上がりの衝立《ついたて》越しに、華やいだ声が聞こえてくる。

只次郎と差し向かいで盃を傾ける大伝馬町菱屋のご隠居が、「いいもんですなぁ」と鼻の下を伸ばした。

神田花房町、居酒屋『ぜんや』。

衝立の向こうで女主人のお妙と話しているのは、酒問屋升川屋のご新造、お志乃である。

灘の造り酒屋から嫁ぎ、江戸のものが口に合わないと悩んでいたお志乃も少しずつ、頬に肉がついてきた。すると元より人形のようであったのが、愛らしさに磨きがかかり、その周りだけぼんやりと光って見えるほどである。

良人《おっと》の升川屋喜兵衛もこれにはすっかり骨抜きで、「お妙はんに料理のコツを教えてもらいとうおす」というお志乃の我儘《わがまま》を聞き入れ、供の女中をつけて寄越すようになった。

はじめはお妙を升川屋の情婦《いろ》ではないかと疑っていたお志乃も、思い違いと悟ってからは、この歳上《としうえ》の美女に心を開き、姉のように慕っている。

もっとも料理のコツを覚えて帰るのはもっぱら供の女中だが、お志乃にとってこれが慣れぬ江戸暮らしの楽しみであれば、升川屋も許可せざるを得なかったのだろう。

「家中の者には、なんと言ってあるんでしょうね」

「さてね。升川屋さんのことだから、上手《うま》く取り繕ってあるんだろうが」

只次郎とご隠居は、声をひそめて囁《ささや》き合った。

ともあれお妙とお志乃、見目麗しい女二人が笑い合っているのは、聞いていて心地がいいものだ。おかげさまで、めっぽう酒が旨《うま》い。

「そうだろうね。ご新造さんに悪い虫がつかぬよう、しっかり見張っといてくれって、こっちにも釘《くぎ》を刺してったくらいだからね」

そこにぬっと割り込んだのは、給仕のお勝である。

松の肌のようにかさついた浅黒い顔が目の前に現れて、只次郎とご隠居は「わぁ」と思わずのけ反ってしまう。

お勝にじろりと睨《にら》まれた。

「なんだい、若い女がいるからって、助兵衛顔を並べちまってさ」

「してませんよ、そんな顔！」

「そうそう。それに私ゃ、もちっと脂の乗った御仁のほうが」

それには只次郎も首肯《しゅこう》する。お志乃目当てに通っていると、お妙に誤解されては困るのだ。

「そうです、私も歳上が好みですから」

「あらそ。じゃ、アタシなんかどうだい？」

お勝がお歯黒の剝《は》げかけた歯を見せて、にやりと笑う。

只次郎は危うく、「ヒッ！」と悲鳴を洩《も》らすところだった。

「はん、本気に取るんじゃないよ。アンタみたいに頼りないのは、こっちから願い下げさ」

ひどい言われようである。なぜかこちらが振られた気分だ。

「ま、ご隠居くらいの男なら考えてみないでもないけどねぇ」

「そりゃ嬉しいねぇ。ぜひとも来世で会いましょう」

こちらはさすがの年の功。ご隠居は盃を片手ににこにこと笑っている。

お勝もまた片頰で笑い、「はい、おまちど」と擂鉢《すりばち》型の器を差し出した。

器に盛られているのは衝立の向こうでも食べられているはずの、雲片である。

薄切りの蓮根《れんこん》、里芋、人参《にんじん》、椎茸、銀杏《ぎんなん》が、汁がなくなるまで炒め煮にされてツヤツヤと輝いている。たしかに汁仕立てにすればのっぺい汁だが、見た目はまったく別の料理である。

「どれひとつ」と、ご隠居が箸《はし》を取って口に入れた。

只次郎もそれに続き、二人同時に頬の肉を持ち上げる。

「うまぁい。歯応《はごた》えが絶妙ですね」

煮物とはいえ具材が薄いぶん、シャキッとした歯応えを残して仕上げてある。これならば醤油くささが芯《しん》まで染みず、上方《かみがた》育ちのお志乃にも「美味しい」と思えるのだろう。

「しかもこれ、砕いてまぶしてあるのは胡桃《くるみ》だね。どうりで香ばしさが引き立つわけだ」

それなりに旨いものを食ってきたはずのご隠居も、感心したように頷《うなず》いている。

この甘辛い味わいは、早くも炊きたての飯が欲しくなるところ。それをぐっと堪《こら》えて辛口の酒を含む。

お妙の料理は素朴だが、その人の性格なのか、とても丁寧に作られている。

そこへまたもや衝立越しに、美しい声が漏れ聞こえてきた。

「お妙はん、このお刺身はなんのお魚ですのん」

「鰤《ぶり》ですよ。さっと湯通しして、こちらの橙《だいだい》と醤油を混ぜたタレでお召し上がりください」

「ああ、ええですねぇ。師走の魚といえばやっぱり」

「鰤ですよねぇ」

女二人、キャッキャッと嬉しそうにはしゃいでいる。

「鰤大根も用意しておりますが、ご新造様には少し、醤油の味が強すぎるかと思いまして」

「せやけど、ちょっと味見してみたいわ。このごろうち、濃口醤油にも慣れてきましたんえ」

鰤の湯通しに、鰤大根――。只次郎の喉《のど》がごくりと鳴った。

ご隠居と目を見交わし、頷き合う。

「お妙さん、こっちにも鰤を！」

たまらずそう、声を上げた。

七厘にかけた土鍋《どなべ》の中で、くつくつと湯が煮えている。ほんのりと色づいているところを見ると、昆布で出汁《だし》を取ってあるのだろう。

その中に薄く切った寒鰤の身を潜《くぐ》らせて、大根おろしと橙醤油で食す。

しっかり乗った脂がとろりと溶けて、口の中に広がってゆく至福。旨みがじわりと染みてきて、只次郎は「んーっ」と天を仰いだ。

つけ合わせに京菜を添えてあるのもいい。こちらも軽く湯通しをして、同じタレにつける。シャキッとした食感と瑞々《みずみず》しさが、口直しに最適だった。

「はぁ――」

鰤大根に箸をつけたご隠居は、風呂《ふろ》の中に手足を伸ばしてひと息ついたというような顔をしている。

箸がスッと入るほど柔らかく煮られた大根だ。そのぶん鰤の旨みを吸い込んでおり、ほふほふと頬張って飲み込めば、腹の底までじんわりと温まる。

只次郎もまたご隠居と同じように、「はぁ」と深い息をついた。

鰤も鰤で、切り身を使うとぱさついていたかもしれないが、アラである。骨ぎしの脂がじゅるりと只次郎の舌を潤して、

「鰤、いい」

うっとりとそう呟《つぶや》いていた。

「美味しい。寒鰤の脂には、濃口醤油のほうが合うてるかもしれまへん」

衝立の向こうのお志乃もどうやらお気に召したようである。

江戸では大晦日《おおみそか》の年越しの膳《ぜん》に添えられる年取り魚といえば鮭だが、上方では鰤らしい。だからこそ「師走といえばやっぱり鰤」なのだろう。

「だんさんにもこれ、食べさせてあげとうおす」

お志乃の小さな呟きが聞こえてきた。

旨いものを食べても頭に思い浮かべるのは良人の顔。まったく、お熱いことである。

「よろしければ、少しお土産にしましょうか」

「ええんですか」

「たくさん煮ましたので」

そんなこともできるのかと、只次郎は耳をそばだてる。

この鰤大根を持ち帰って夜食に。うん、それも悪くない。

しばらくはものも言わずに鰤を堪能《たんのう》していたご隠居が、キュッと盃を干して只次郎に話しかけてきた。

「ところでそちらの、あぶりの塩梅《あんばい》はいかがです？」

只次郎はその盃にちろりの酒を注《つ》いでやる。

「いやぁ、足並みが揃《そろ》いませんねぇ」

「そりゃあそうでしょうよ。人と同じで鶯だって、性格も能力も、それぞれに違いますからね」

そんなご隠居は、愛鳥ハナのあぶりを手ずから行っている。なんといっても鶯飼いの年季が違うのだ。経過は順調であるらしい。

ゆえに暮れかたに出歩けないのは、只次郎と同じ。ならば早めに行けばよかろうという、思惑が重なってしまったようだ。べつに示し合わせてもいないのに、昼時の『ぜんや』でばったり出くわし、今に至るわけである。

「ほれ、お前様も」

「いえ、私は」

酒を注ぎ返そうとするご隠居を、只次郎は手で制す。

「なんだい、まだ一合も飲んでないだろう」

「私の外出を、兄が訝《いぶか》っていましてね。日の高いうちから酒のにおいをさせて帰るもんだから」

「おや、意外に遠慮するんだね」

「ご隠居ほど、気ままな身の上じゃないんですよ」

とはいえ旨い肴《さかな》が目の前にあるのに、酒を我慢しなければならぬのは酷なこと。

「そんなら、もう一杯でおしまいにすりゃいいじゃないですか」

「はぁ、そうですね。あと一杯なら」

　ご隠居の甘い誘惑に、あっさり流されてしまう只次郎である。

　無理もない、この酒もまた旨いのだ。なにしろお志乃の件の礼にと、升川屋が送りつけてきた上諸白《じようもろはく》である。

　よりによって酒を控えねばならぬときに、こんな上物が入ってくるとは。どうにかして年が明けるまで、この酒を取り置きしてはもらえぬだろうか――。

「お、いたいた旦那。本日はお日柄もよく」

　そんな調子のいいことを言って、鶯の糞買いの又三がやってきた。

　普段はもっぱら中汲《なかくみ》という安酒ばかり飲んでいるこの男、只次郎を見れば旨い酒にありつけると、犬のように寄ってくる。それはべつにいいのだが、さすがにこの上諸白を振る舞うのは口惜《くや》しい。

「なんだい、今日はお連れまでいるのかい」

　しかも又三はみすぼらしい着物を着た男の、襟首をしっかりと摑《つか》んでいた。

　見ず知らずの者の酒代まで持たねばならんのか。そう危ぶんだのもつかの間、どうもその男の後ろ姿に見覚えがある。

「亀吉《かめきち》、亀吉じゃないか！」

そう呼ばれて気まずそうに振り返り、へへっと追従笑いを浮かべる。その真ん丸い顔は、まさに林家の下男、亀吉であった。

「お前、どうしてこんなところに」

「へ、まさか旦那んとこの？　いえね、戸の隙間《すきま》から中を窺ってたもんで、入《へえ》るんなら早く入んなと、引っぱってきちまったんですが」

又三に首根っこを押さえられたまま、亀吉は逃げることも膝《ひざ》をつくこともできずにオロオロしている。ここにいるのはおそらく自分の意思ではないのだろう。

「分かったよ。兄上だね」

只次郎は額に手を当てて、腹の底から息をついた。

三

「さ、キュッといっちまいな。外は冷えたろ」

「へぇ、これはかたじけないことで」

どういうわけだか又三と亀吉が、床几《しょうぎ》に掛けて酒を酌み交わしている。寒さに震えていたのを哀れに思って入れてやったが、手炙《てあぶ》りも火鉢も自分のほうに引き寄せて、林家の下男はなかなかに図々しい。

「ちょっと、お妙さん。そんな奴らに酌なんかしなくていいですから。こっちに来てくださいよ」

むさ苦しい男たちがやってきたので、升川屋のご新造は鰤大根のお土産を持って帰って行った。只次郎は遠慮なくお妙に呼びかける。

「旦那、ひでぇ言い草ですねぇ」

「文句があるなら自分の金で飲むがいいさ」

「へへっ。頂戴《ちょうだい》します」

目の高さに盃を持ち上げ、卑屈に笑う又三である。

「お妙さん、まさかあいつらには――」

尋ねると、お妙はなにも言わずに微笑んだ。心得たもので、売り上げになるからといってあの二人に上諸白は出さなかったようだ。いくらなんでも、そこまでの贅沢はさせられない。

とはいえ酒などめったに口にできぬ亀吉は、蕩《とろ》けるような顔つきで盃を口に運んでいる。その風体を、お勝が的確に言い当てた。

「なんてぇか、お団子みたいな人だねぇ」

そろそろ三十路《みそじ》に入ろうというのに頬の肉がまったく落ちず、鼻も目も丸っこい。どことなくとぼけた印象を与える男である。

「さて亀吉、いいかげん正直に喋《しゃべ》っちゃどうだ。これは兄上の差し金なんだろう」

「はて、なんのことやら」

そして嘘《うそ》が下手である。只次郎に問い詰められて、目が盛大に泳いでいる。

「いやだよ、アタシったら。すっかり昼寝をしすぎちまった。お妙ちゃんこの鍋に、ちょいと湯豆腐でも入れとくれよ」

そこへまた入り口の引き戸が開き、むっちりと肥えた女が入ってきた。

たしか裏長屋に住む、おえんという女である。亀吉が団子なら、こちらは大福だ。旦那のいぬ間にぐうたら過ごしているものだから、ぶくぶく肥え太ってしまうのだろう。

「はい、ただいま」

お妙が優雅な物腰で調理場へ向かう。その尻を、亀吉がぼんやりと目で追っている。

「あれ、お妙ちゃん。この人だよ!」

そんな亀吉の鼻先に、おえんが指をつきつけた。

「ほら、こないだ言ったろ。武家の下男風の男がさ、お妙ちゃんのこと聞き回ってたって」

「なんだと、今日がはじめてじゃないのか、お前！」

これには只次郎も驚きと怒りで飛び上がった。

べつに悪所通いをしているわけではなく、徒党を組んで悪さをしているわけでもない。それなのに、なにゆえ兄は只次郎を見張らせるのか。

そこまで私を、嫌っているからなんだろうな。

いけない、酒がまずくなってくる。

「亀吉、それを飲んだらこっちに来なさい」

気を取り直し、只次郎は下男を手招きした。

亀吉は手元の盃を干し、名残惜しそうに最後の一滴まで舌で受けてから、只次郎の元へ歩み寄る。さして反省した様子もないのは、主家の者といえしょせんは次男坊と侮《あなど》っているからだろう。

次期当主である兄と只次郎の命令なら、どちらを聞くかは確かめるまでもない。

しかし、懐柔《かいじゅう》ならできそうだ。

「どうだい、酒は旨いかい？」

亀吉は言葉少なに「へぇ」と頷く。

「だったら同じものを、少し持って帰るといい。お妙さん、徳利はありますか」

酒屋では酒を量り売りで買う客のために、通い徳利を貸し出している。居酒屋にも用意はあるだろうと問うてみれば、お妙は「ございます」と微笑みながら頷いた。

「それで亀吉、私はここへ昼飯を食いに来ただけだ。なにもやましいことはなかっただろう?」

「はぁ」

察しの悪い亀吉は、そう言われてもまだきょとんとしている。

お妙が五合入りの徳利に酒を入れて持ってきた。只次郎はそれを受け取り、亀吉の目を覗き込む。

「さぁ、どうだった?」

さすがの亀吉も、ハッと気づいて背筋を伸ばした。

「はい、只次郎様にはなにも、やましいことはございませんでした」

「それはよかった。少し歩いて、酔いを覚ましてから帰るといいよ」

只次郎は亀吉に徳利を渡し、軽く肩を叩いてやる。

下男はもう一度「はい」と色よい返事をし、浮わついた足取りで出て行った。

　これでもう亀吉が、只次郎の与《あずか》り知らぬところでお妙の身の回りを探ることはないだろう。酒のおこぼれがほしくて、隠密行動ができずに必ず姿を現すはずだ。

「すみません、お妙さん。迷惑をかけてしまって」

　亀吉の気配がすっかりなくなってから、只次郎はお妙に頭を下げた。

「いえ、そんな。私はなにも」

　そうは言っても得体の知れぬ男に身辺を嗅《か》ぎ回られて、気味が悪くなかったはずがない。お妙が健気《けなげ》に笑うものだから、よけいに申し訳が立たない。

「それにしてもお武家さんってのは、堅苦しいんだねぇ。アタシだって毎日お妙ちゃんとこに通ってるようなもんだけど、うちの亭主はなぁんも言わないよ」

　帰るきっかけをなくしたおえんが又三の隣に腰掛けて、土鍋を抱えるようにして湯豆腐を食っている。この女はなんでもかんでも、己の亭主の話に持っていきたがるきらいがある。

「もっともアタシは人に頼んで、亭主をつけさせたことがあるけどね」

　恐ろしいことを平気で言って、おえんは甲高い声で笑った。体が大きいからといって、気質が大らかというわけではないようだ。

「武家でもよっぽど行いが悪くなければ、こんなことはしないと思いますが。うちでは私の稼ぎを、兄が快《こころよ》く思ってないんですよ。だからこうして、人のアラを探すようなまねを」

「兄君の気持ちもまぁ、分からないではないですがねぇ。弟に出し抜かれりゃ、そりゃいい気はしないでしょう」

それまで口を挟まずに静観していたご隠居が、腑《ふ》に落ちたように頷いた。

「出し抜いちゃいませんよ、人聞きの悪い」

只次郎は片頰を膨らます。

五つ歳上の兄のことはむしろ、林家の跡取りとして敬ってきたつもりだ。

只次郎が八つのとき、兄が原因不明の熱病で十日ほど寝込んだことがあった。医者は首を傾《かし》げ、薬は効かず、兄はみるみるやつれていったそうだ。

伝聞形なのは、その様子を実際に見ていないからである。

兄が発病してすぐ、疫病であってはいけないと、只次郎は離れに隔離《かくり》された。つけられたのは下女一人、兄の病床を見舞うことも許されず、はじめは僻《ひが》んでいたものだ。

いつだって兄の扱いは弟よりいい。自分がこうして放《ほう》っておかれている間にも、きっと兄は母の手厚い看護を受けているのだろう。

そう思うと幼い心に、小さな黒い芽が頭を出す。兄上なんか死んじゃえと、半ば本気で願うようになっていた。

だが一度だけ、母が真っ青な顔をして離れを訪れたことがある。頰はげっそりと削《そ》げ落ちて、目だけが幽鬼のように光っていた。

「只次郎、よく聞きなさい」

怯える次男の両肩を、母は逃すまいとばかりにむんずと摑《つか》んだ。

「兄上にもしものことがあったら、将来お前が林家を背負って立つことになるのですよ。覚悟はいいですね」

そんなもの、いいはずがなかった。

只次郎にもだんだん分かってきた。なぜ兄とはまるで待遇が違うのか、なぜ自分だけが離れに隔離されなければならなかったのか。

すべては、家のため——。

母に摑まれた肩が、ひどく重かった。

それは兄が生まれたときからずっと、背負い続けてきた重みであった。

「たんに、心配してるだけなんじゃないのかい」

お勝の声に、只次郎はつかの間の物思いから引き戻される。

炊きたての飯と汁が、折敷《おしき》の上で湯気を上げていた。今日の味噌汁には山芋のとろろを流してある。

「まさか、うちの兄にかぎって」

旨そうなものを前にしているのに、ついつい苦い顔になってしまった。

「だいたい気持ち悪いですよ。大の男が昼間にちょっと出かけたからって、なにを心配することがあるんですか」

それほど仲のいい兄弟でもない。

兄が一命を取り留めたとき、ホッとしたのは誰のためだったか。そんな薄情な弟と、病み上がりに「見舞いに来なかったな、只次郎」などと厭味《いやみ》を言う兄だ。

きっと相性が合わないのだろう。

「するだろうさ。近頃は旗本の次男坊三男坊が寄り集まって、『黒猫組《くろねこぐみ》だ！』なんて騒いでるらしいじゃないか」

「それを言うなら『黒狗組《くろいぬぐみ》』ですね」

そういう輩《やから》が賭場《とば》を荒らし、矢場や岡場所で無体を働いているという噂《うわさ》は聞いている。だがしょせんは数を頼みにしなければ威張《いば》れもしないような連中だ。

そんな者たちに加担するかもしれないと、疑われるだけでも不快である。

「珍しく兄君の肩を持つんだね」

　ご隠居がにやにやと水を差す。お勝はいつも、誰に対しても辛口だ。

「そりゃあアタシにだって、馬鹿な弟がいたからさ」

「いた？」

　言葉尻をとらえて問いかけたのは、又三である。

「死んじまったよ。そこの川で溺《おぼ》れてさ」

　お勝が戸口のほうを顎《あご》で示した。寒いので引き戸は閉めてあるが、通りの向こうには神田川が流れている。

「もう一年になるんだねぇ。この子の喪《も》も、ようやっと明けるってわけだ」

「お勝ねえさん！」

　話を急に振られて、お妙がたしなめるような声を上げた。

　これは聞き流せない。只次郎は飯を取り分けていた手を止める。

「え？　お勝さんの弟さんが、お妙さんとどういう――」

「この子の亭主だったんだよ」

「ええええっ！」

　どうりでお勝のことを、お妙が「ねえさん」と呼ぶはずだ。

なのに思いもよらなかった。だってこのお勝の弟ならば、ご面相は知れたものだろうし、歳だって——。

「いったいいくつ離れてたんですか！」

「この子とかい？　そうさね、二回りほどかね」

お妙が否定しないということは、本当にそれだけの開きがあったのだろう。

「なんでまた——」

これほどの美貌《びぼう》があれば、嫁ぎ先は引く手あまたであったろうに。

「この子が十のとき、うちの弟が引き取って育てて嫁にしちまったんだよ」

もう少しで只次郎は、「ずるい！」と叫んでしまうところだった。

「おやまぁ、光源氏《ひかるげんじ》じゃないか」

ご隠居もさすがに目を剝《む》いて、箸を取り落としそうになっている。

美しく育ちそうな少女に早くから唾《つば》をつけて、他の男に感化される前に嫁にする。

男の究極の夢ではないか。

「もう、お勝ねえさんたら！」

調理場で酒の燗《かん》をつけていたお妙が、焦ったように駆けてきて、お勝の口を塞《ふさ》ごうとする。

その手を摑まれて頰を膨らますお妙は、いつも落ち着いて見えるだけに、いっそうあどけなく愛らしい。只次郎の胸はあやまたず射貫かれた。

「とんだ助兵衛男だねぇ」

「違うんです！」

おえんの言い草に、お妙が慌てて振り返る。顔がほんのりと赤らんでいる。

「ふた親を亡くして途方に暮れている私を、引き取ってくださったんですよ。恩人なんです」

「けれどさぁ、養い子を嫁にしちまう恩人ってどうなのさ」

「それはその、私からお願いしたので」

なんてことだ。それはますます羨ましい。

頰に手を当てて小娘のように恥ずかしがっているお妙の、上気したうなじがやけに艶《つや》めいている。

只次郎だってできることなら、誰より早くお妙に巡り会いたかった。嫉妬《しっと》だと分かっていても、問わずにはいられない。

「そんなにいい男だったんですか」

答えたのは又三である。

「いいや、普通の親爺《おやじ》でしたぜ」

お妙の良人がまだ『ぜんや』の主人だったころに、飲みにきたことがあるらしい。

「普通って、どんな！」

「ええっと、本当にとりたてて言うところもなくて、凡庸な――。あれ、いまいち顔が思い出せねぇなぁ」

「そうなんだよ。アタシも我が弟ながら、面影が薄くってねぇ」

「お勝さんまで。さすがに可哀想ですよ」

「そんなこと言ったって、影の薄い男だったんだからしょうがないじゃないか。アンタ、覚えてんのかい？」

お勝が煙管《きせる》の吸い口を髷《まげ》に差し込んで頭を掻《か》きながら、お妙に尋ねる。

「覚えていますよ。あたりまえでしょう」

お妙は珍しくむきになっているようだ。少しばかり突っかかるような物言いをする。

「そういえばお妙さん、林の旦那から聞いたんですが――」

「いいえ、この話はもう終わり、終わりです。あ、いけないお酒！」

ついに又三が話しかけているのを遮《さえぎ》って、ちろりを温めていた銅壺《どうこ》に駆け寄った。

平生ならば人の話をみなまで聞かぬということのない人である。

「ちょっとばかり、突っ込みすぎてしまいましたかねぇ」

ご隠居が汁を啜《すす》って、低く呟く。

「いいんだよ。あの子はこの先も、強く生きていかなきゃなんないんだから」

お勝もまた声を張らず、そう言って煙管の先をフッと吹いた。

せっかくの炊きたての飯が、もうすっかり冷めている。

四

日が暮れる前に、置き行灯《あんどん》に火を入れる。

昼のような明るさを保つため、油代はかかるが灯心を三つに増やし、あぶりたい鶯の籠桶の、障子の面を向けて置く。

あぶりを入れる必要のない鶯は逆に、籠桶の障子の面を反対側にして置くのだ。

灯火皿には菜種油をたっぷり注いである。しばらくこれでもつだろう。

離れに一人。暮れかたになっていっそう冷えてきたのだろうか。室の内なのにまだ息が白い。

只次郎は火鉢を引き寄せ、それに寄りかかった。

そうやって気を抜いているときに、頭に思い浮かぶのはこのところお妙の顔ばかり。恋の病というけれど、たしかにこれは病である。しかも昼間の驚きがまだ抜けきらない。

あの取り乱しようを見ると、お妙の心はまだ亡き良人にあるのだろう。そう思えば胸の奥が切なくきしむ。

だがそれは本当に恋だったのか。お妙は良人のことを恩人と言っていた。ならば恩人への慕わしさを恋と、思い違えたのではあるまいか。

なんにせよもうこの世にいない人に、嫉妬の炎を燃やしている場合ではない。もうすぐ喪が明けるなら、お妙の身にいつ縁談が持ち込まれるか知れたものではないのだ。男があり余り、女が少ない江戸の町では、後家だろうが子持ちだろうがよくもてる。容姿がよければなおのこと。次こそ先を越されたくはない。

とはいえ部屋住みの私には、所帯なんて持てっこないんだけどね。

只次郎の口元に、自嘲《じちょう》の色がじわりとにじむ。

この部屋の鶯たちと、境遇はさほど変わらぬ籠の鳥。幼いころに隔離された屋敷の離れで、今は飼い殺しにされようとしている。

いったい自分とはなんなのだろう。

かつては兄にもしものことがあったときの代わり。だが甥《おい》が生まれてからはその役目も失い、稼ぎだけを求められている。

「お妙さん」と、只次郎は虚しく呟く。

「叔父上、夕餉《ゆうげ》でございまする」

そのとき縁側に面した障子がスパンと開いた。姪《めい》のお栄の元気な声である。不意をつかれた只次郎はその場で飛び上がった。

「どうなさったのですか」

「驚いたんだよ。戸を開けるときはその前に、『失礼します』と声をかけるもんだよ」

「それはあいすみませぬ」

女の子は五つにもなればいっぱしの口をきく。血色のいい頬をして、悪びれもせず謝るお栄の様子は失笑を誘った。

以前佐々木様からお預かりの鶯を隠すという悪事を働いたお栄は、離れにはみだりに近づかぬようにと、母のお葉からきつく言い聞かされている。

だが、それはそれ。「私が在宅のうちはいいですよ」と只次郎が取りなすものだから、お栄は今も遠慮なく、こうして縁側から入ってくる。

この小さな訪問者がいないと、只次郎だって寂しいのだ。用もないのに離れに顔を出してくれるのは、この姪以外に誰もいない。

お栄のほうでも始終難しい顔をしている実の父より、只次郎に懐いているようだ。

只次郎はちょっとした出来心で聞いてみる。

「なぁ、お栄は叔父上のことが好きか？」

お栄の重たそうな頭がこくりと上下した。

「じゃ、おっきくなったら叔父上のお嫁さんになるかい？」

ある種の鳥がはじめて見たものを親と慕うように、このくらいから刷り込んでゆけば聞きわけのいい子になるんじゃなかろうか。そんなことをチラリと考えてしまったわけである。

「嫌でございます」

しかしお栄は、いやにきっぱりと言い切った。

「お栄の婿殿になるのは、剣が強うて五百石取り以上の、美丈夫にございますれば」

只次郎はしばし言葉を失った。

だがお栄の真っ直ぐな目は真剣で、つい吹きだしてしまう。

「そうか。それは頼もしいね」

べつに褒めたつもりはないが、お栄は誇らしげに頰を持ち上げた。

「叔父上、参りましょう」

羽二重餅のようにふっくらとした手が差し出される。

「ああそうだ、夕餉だったね」

この子には幸せになってもらいたいものだ。

只次郎はその手を、そっと握りしめた。


只次郎とて宅にいるときは、母屋で家族に交じって食事を取る。

一家七人。父が床の間を背にして座り、その正面に母、兄嫁、三つになる甥、それから兄、只次郎、お栄という二列を作り、向かい合って食べる。

下級武士の夕餉など質素なものだ。膳の上に載っているのは山盛りによそわれた冷や飯、根深葱《ねぶかねぎ》の味噌汁、沢庵《たくあん》漬け、ほうれん草の胡麻《ごま》和《あ》え、それから艶やかに煮込まれた輪切りの大根である。

「いただきます」と言って家長たる父が箸を取り上げるのを見てから、只次郎もそれに続く。

箸を入れるとほろりとほぐれる大根。そうそう、これで飯を食べたかったのだ。

ひと足先に大根を口に入れた父が、奇妙なものを食ったとでもいうように眉根を寄せた。

「おい、これはなんだ」

沢庵で飯を食っていた母が、落ち着きはらった様子で答える。

「只次郎の土産ですよ」

「まことか、只次郎」

父の顔がこちらに向けられた。兄に似た獅子頭のような顔、頭が固いところもよく似ている。只次郎は完全に母親似である。

「ええ。昼餉に立ち寄った居酒屋の大根が、あまりに旨かったものですから」

「だが魚の風味がするぞ」

「鰤大根ですから」

そう、お妙に頼んで鰤大根の大根だけを人数分、土鍋に詰めてもらった。とはいえ鰤の旨みを存分に吸い込んだ大根である。

「だから、その鰤がないではないか」と、父が声を荒らげるのも道理であろう。

成長と共に名前を変える鰤は出世魚として武家にも人気のある魚だ。しかも林家では、魚肉は七日のうち二日ほどしか出てこない。まぎれもないご馳走である。

その鰤を、あえて抜く。これは兄への意趣返しに、ふと思いついたことだった。

「鰤の、アラにございますれば。アラはないのでございます」

ま隣に座す兄の顔を覗き込むわけにもいかないが、只次郎の思惑は通じたろう。我が身を探ったところでアラなどありませんよという意味での、鰤なし鰤大根である。

　父はしばらく器の中を眺めていたが、「フン」と鼻を鳴らし、再び黙々と箸を動かしはじめた。だが鰤と聞いて収まらぬのは甥の乙松《おとまつ》である。

「母上、乙松も鰤がほしい」

　林家の嫡男として生まれ、齢《よわい》三つにしてその自覚を植えつけられている甥は、只次郎から見れば気の毒なほど行儀がいい。それでも舌っ足らずな声で兄嫁に訴える。食いたい盛りなのである。

「そんなものはございません。黙って食べなさい」

「けれども母上——」

「それ以上うるさくすると膳を下げますよ」

　兄嫁に厳しく撥《は》ねつけられて、乙松はしゅんと肩を落とす。兄を戒めるためといえ、子供たちには可哀想なことをしてしまったようだ。

　だがお栄は背筋をピンと伸ばしたまま、真顔で言った。

「この大根は、鰤を食べているようで美味《おい》しゅうございます。乙松も食べてみなされ」

勧められて乙松も、おずおずと大根に箸を伸ばす。ひと口頬張ったとたん、幼い顔が輝いた。

「美味しゅうございます！」

「なんですお栄も乙松も、はしたない。あら、でもこれは──」

注意を促しておきながら、兄嫁も目を見張って口元を押さえた。

「まぁ、ほんとに」

「ふむ」

続いて母と兄が、鰤なし鰤大根に舌鼓を打つ。

私語を慎み淡々と飯を食うのが武家の習わしである。出されたものに対して旨いも不味《まず》いも言わぬが普通、それでもつい声が洩れてしまったのだ。

只次郎も箸で割った大根を口へと運ぶ。

たしかに昼餉に食べたのと同じもの。だが時間が経ったぶん、いっそう味が染みている。

只次郎はここが『ぜんや』ではないことを忘れて、「うまぁ！」と叫びそうになってしまった。

五

翌日は寒い一日になった。

まるで氷の室《むろ》にでも入っているように、首筋が冷たい。

それでも首を縮めてせこせこと歩くような真似《まね》は、二本差しの身でしてはならぬこと。そう教えられて、生きてきた。

「うう、さむさむ。こりゃいけねぇや」

職人風の男が懐手に、通りをゆき過ぎてゆく。その姿を目で追って、只次郎は片頬を軽く歪《ゆが》ませた。

あれは四つだったか、五つだったか。今日のような、骨まで凍える寒い日のこと。厠《かわや》に立つのも辛《つら》かったが、手水を使った後は手がちぎれそうなほど冷えて、只次郎はふうふうと息を吹きかけた手を、ふとした思いつきで懐に入れてみた。

ひやっとしたのは一時のことで、しばらくすればポカポカと、芯《しん》のほうから手が温まってくる。

只次郎は感動した。こんな暖の取りかたがあったのか。誰かに教えてやりたくなった。

「兄上、兄上」

兄は自室で手習いをしていたはずだ。裏口から母屋に戻り、只次郎は懐手のまま廊下を駆けた。

あのころの兄は、まだ優しかったのだ。いけませぬ、なりませぬ、と行動の一つ一つに文句をつける母よりも、只次郎は兄に懐いていたかもしれない。

兄の部屋まで、あと少し。というところで、目の前に大きな影が立ちはだかった。

突然頬に衝撃が走る。只次郎の幼い体は後ろに吹っ飛び、受け身も取れずに肩と頭を強く打った。

「それ見ろ、只次郎。お前はそれでも武士の子か。そのようななりをしているから、身も庇《かば》えぬではないか」

頭上から、地の割れるような声が響いてくる。父であった。

「それでは蓑虫《みのむし》と同じぞ。敵に切りかかられたとて、手も足も出まい。このうつけが！」

痛みがきたのは後からだった。だがその前に父が尻を、腹を、痛めた肩を蹴《け》りつけてくる。

手の自由が利かず、起き上がることもままならぬ。只次郎は「父上、お許しくださ い、お許しください」と涙を流して訴えることしかできなかった。

「父上、お待ちください」

そこへ襖《ふすま》ががらりと開き、兄が滑り込んできた。

「申し訳ございません。只次郎にこうすれば温かいと、教えたのは私にございます」

父の眼《め》がぎょろりと動いて兄を見る。只次郎はなにも言えずに震えていた。

「まことか?」

「はい。お許しください」

兄はその場に手をつき、頭を下げる。微《かす》かに震える肩を、父は容赦なく蹴り上げた。

「二人とも、晩飯は抜きだ」

横ざまに倒れた兄に一瞥《いちべつ》を投げ、父が歩き去ってゆく。その背中を兄弟は、冷たい廊下に転がったまま見送った。

なぜ今、そんなことを思い出してしまうのか。

昨夜の兄が、いつになく素直に見えたせいかもしれない。

夕餉のあと離れに戻ろうとする只次郎を、兄が「ちょっと待て」と呼び止めた。

てっきり先ほどの意趣返しについて、文句をつけるものと思っていたのに。

「その、さっきの大根は旨かった」

裏口へと向かう廊下は暗く、兄の顔色は定かではなかった。だがしきりに鼻をこすっており、どうやら照れているらしかった。

「はぁ」

こちらも意表を突かれ、気の抜けた返事しか返せない。

「それでだな、また買ってきてはくれぬか。次は鰤の入ったものを」

まさか朴念仁の兄が、そこまでお妙の鰤大根を気に入ったのか。

只次郎のたじろぐ気配を察してか、兄は慌てて言い足した。

「子供たちが喜ぶからな」

ああ、と只次郎は頷いた。

たしかにお栄も乙松も育ち盛り。鰤そのものを食いたかろう。

「かかりは持つ」

「いや、それはいいですよ」

自らは稼ぎがないのに、生真面目な。暗くて見えづらいのをいいことに、只次郎は口元に苦笑の色を浮かべた。

「では頼んだ」

この兄は、父によく似ている。気に食わぬ行いをすれば容赦なく子供たちの頬を打ち、飯を抜かせる。だからお栄は只次郎にばかり懐くのだ。

念押しをして踵《きびす》を返した兄の背中を見ていたら、ふいに問いたくなってきた。

「兄上。このように優しいところを、もう少し子供たちに見せてやってはいかがですか」

答えが返ってくることを、期待してはいなかった。だが兄は首だけで振り返り、こう言った。

「理不尽に堪えるのも、武士の務めなれば」

只次郎ははっと息を呑《の》んだ。

杖でトンと胸を突かれたようなこの気持ちを、いつかも味わったことがあった。

そうだ、あの幼い日に父に蹴られ、二人揃って廊下に転がった。「兄上すみませぬ」と謝る只次郎に向かって兄が放ったひと言と、よく似ていたのだ。

「よい、只次郎。武士とはこういうものだ」

たしかに兄は、林家の長男であった。

背筋を伸ばして泰然と歩を進めていた只次郎は、その場にはたと足を止めた。

まだ朝四つ半（午前十一時）、来るのが早すぎたのだろうか。『ぜんや』の前でお妙が一人、ぼんやりと立ちつくしている。

声をかけるのをためらったのは、その目が現《うつつ》をとらえていないかのように見えたからだ。

お妙が顔を向けているのは神田川。向こう岸の土手の柳が、冷たい風に揺れている。

一年前に、良人が亡くなったという川だ。

「風邪をひきますよ」と話しかければ、お妙はきっと正気づき、いつもの微笑みを見せてくれるだろう。だが一人佇《たたず》むその横顔が哀しくも美しく、足を縫い留められたかのように動けなかった。

ふわふわと、季節外れの蝶《ちょう》が飛んでいた。翅《はね》は傷つき色褪せて、生きているのもやっとの風情。まるで良人の魂のように見えるのだろうか、お妙の目はその蝶をじっと追っている。

「あっ！」そして小さく叫んだ。

裏長屋のほうからのそのそと出て来た白猫が、瀕死の蝶に飛びかかったのだ。

ひらめく翅はすんでのところで凶刃を逃れたが、この暗殺者は諦めが悪い。後ろ脚のばねを使い、蝶を追い詰めてゆく。

お妙はしばらくその様子をおろおろと眺めていたが、意を決したようにさっと店に引っ込んだ。それから再び姿を現したと思えば、手に刺身の載った皿を携えている。

「ほら、おいで。こっちよ、おいで」

皿を前に出して、猫を呼ぶ。鰤の身を慌てて削いできたのだろう。一枚手に取り、振っている。

猫は蝶のことなど忘れ、胡散臭《うさんくさ》げにお妙を見た。猜疑心《さいぎしん》は食欲に勝てなかったのだろう、じわりじわりと間を詰めて、ついに刺身を食いはじめる。

命の危機を脱した蝶は、よろけながらも川向こうを目指して飛んで行った。

どうせ先は長くもなかろう。それでも蝶を助けずにいられなかったお妙の心を、只次郎は愛おしいと思った。

「一度餌をやると、癖になりますよ」

自分でも驚くほど、柔らかな声が出た。

しゃがんでいたお妙がはっと顔を上げる。

見られていたと悟ったのだろう、耳がほのかに赤くなった。

「お、おいでなさいまし」と、ぎこちなく取り繕う。そんなところも微笑ましい。

はじめて会ったときはずいぶん歳上だと思ったのに、だんだんこの人の純粋なところが見えてくる。

「いやだ、林様。なにを笑っているんですか」

跡目も継げぬのに、武家の男として厳格に育てられてきた。

だが只次郎は相好を崩し、「いやぁ、寒いですねぇ」と肩を縮める。

「ひとまず、中に入れてくれませんか？」

いつもより早く着いたとはいえ店はもう開いており、見世棚にはお菜が並べられている。しかしどこで油を売っているのか、お勝はまだ来ていなかった。

お妙は『ぜんや』の二階の内所で寝起きしているようだが、お勝は通いである。もう少し遅くなってくれても構わない。しばらくはお妙を一人占めできる。

只次郎は風呂敷《ふろしき》に包んで持ってきた土鍋を返し、昨晩の顚末《てんまつ》を話して聞かせた。

「そんなわけですから、今度は鰤ありの鰤大根を分けてくださいね」

「ええ、分かりました。明日にでも作りますよ」

今日の鰤は照り焼きにするつもりで、鰤大根はないそうだ。そう言われると、明日もまた顔を見せねばなるまい。

床几に掛けて待っていると、一合だけ頼んだ上諸白のぬる燗が運ばれてきた。菜びたしを肴に、キュッとひと口。

ああ、やはり旨い。小股《こまた》の切れ上がった美女という言いかたがあるが、酒にも使えるなら使いたいものだ。きりりとした、小粋な味である。

この酒がなくなる前に、どうにかして自分の分を押さえてはおけないだろうか。そう考えて、只次郎の頭についに妙案がひらめいた。

「そうだ、お妙さん。置き徳利という制度を作ってみませんか」

「はぁ。なんでしょうか、それは」

酒屋の通い徳利を元に考えついた案である。客は一升なり五合なりの徳利で、先に酒を買ってしまうのだ。まとめ買いをするぶん、値は少し下げてやるといいだろう。その徳利を、店で預かっておくのである。

客は酒代が安くすみ、徳利の酒を飲みきるまでは通うことになるのだから店だって得をする。どちらも幸せになれる、いい思いつきではなかろうか。

少なくともご隠居は乗ってくるだろうし、升川屋も面白がるだろう。それにそういう徳利が置いてあると、いかにも馴染みの店らしくていい。

「なるほど。では徳利をいくつか用意しておかないといけませんね」

只次郎の提案を、お妙は即座に理解したようだ。おそらくそれが有用であることも。

「そんなものは客に持ってこさせりゃいいんですよ。突然の客のために、一応二つ三つ備えてあれば充分でしょう」

「では徳利の首に手製の名札をつけましょうか」

「いいですねぇ」

見た目はおっとりしているが、頭の巡りのいい女である。とんとん拍子に話が進み、置き徳利制度は受け入れられた。

あとでさっそく瀬戸物屋に寄り、徳利を見つくろってこようと浮かれる只次郎である。

「ところでさっきのお話で、少し気になったことがあるんですけれど」

お妙が手炙り火鉢をそっと差し出し、そう言った。片手で袖を押さえているので、白くなめらかな腕が肘《ひじ》の近くまでチラリと覗いた。

「さっきの？」と、只次郎はどぎまぎしながら問い返す。

「『アラはない』のくだりです」

「ああ、はい」

昨晩の、父との問答である。なぜそこまで話が戻るのかと、只次郎は内心首を傾げた。

「お父様はどうして、『なんのことだ』と聞かなかったのでしょうか」と、お妙も不思議そうである。

そう言われてみれば、「アラはない」は兄に聞かせるための言葉で、父には通じなかったはずだ。なのにそれ以上は意味を問わず、父は「フン」と鼻を鳴らしただけだった。

まるで、その理由《わけ》を知っているかのように——。

「そうか、そういうことか」

頭の中でカチリと鍵の合う音がした。

どうやら只次郎は、根本的な思い違いをしていたらしい。

「分かりましたよ、お妙さん。亀吉を使って私の身辺を探っていたのは、兄ではない。父上だったんだ」

出がけに呼び止められて嫌な思いをしていたから、てっきり兄の仕業と決めつけていた。だがこれが父の差し金ならば、まだ納得がいく。

過去には武家の次男坊、三男坊を集めた旗本奴の頭目が、無頼を働き切腹、家名断絶の憂き目を見たこともある。父としては、毎日ふらふらと出歩いている息子がなにをしているのか、気にかかるところであろう。

「まったく、兄上が私に絡んでこなければ、こんな疑いをかけることもなかったろうに」

己を省みるより先に、兄の紛らわしさに只次郎は腹を立てる。同じ屋敷に住んでいるとはいえお互い大人なのだから、適当な距離というものを保っていただきたいものである。

「もしかするとお兄様は、林様のことが少し羨ましいのかもしれませんね」

お妙は柔らかそうな頬に手を当てて、しみじみとそう言った。

「私のどこが。私のほうがよっぽど兄上を――」

異議を唱えようとした只次郎は、半ばで口をつぐんでしまった。

子供のころは、男に生まれたことを残念に思ったこともあった。いっそのこと女であれば、兄との扱いの差をいちいち気にかけずとも済んだであろう。男同士だからこそ、家人が兄ばかりを尊重するのが目についた。

だが兄は兄で、世継ぎの重みとは無縁でいられる只次郎をやっかんできたのかもしれない。

少なくとも只次郎の自由は、兄の犠牲の上に成り立っている。

兄と弟は、互いの持たぬものを羨みつつ大人になってしまったのだ。

「明日の鰤大根はとびきり美味しく作りますね」

お妙の微笑みを菩薩のようだと思うのは、こういうときである。

「はい、よろしくお願いします」と頷きざまに、只次郎はさり気なく目頭を拭った。

「おはようさん。なんだいアンタ、もう来てんのかい」

入り口の引き戸がガタゴトと開き、入ってきたお勝がさっそく憎まれ口を叩く。

「ちょっとお妙ちゃん、聞いとくれよぉ」

続いて飛び込んできたのは、裏長屋に住むおえん。只次郎の姿を認めるや、「あらお武家さん、いたの。暇だねぇ」と、呆れた様子で肩をすくめた。

「なんですか、揃いも揃って。私だって一応客なんですよ！」

ああ、この店にいると息がしやすい。

声で怒りつつも只次郎の顔は、幸せそうに笑っていた。

梅見

一

年も改まり、寛政《かんせい》三年（一七九一）。正月気分もすっかり抜けて、そこはかとなく春のにおいが漂いはじめたころ。

朝湯のついでに湯島に足を向けたお妙は、しだいに増えてゆく人出に、そういえば今日は初天神だったと思い出した。

正月二十五日のお楽しみ。天神様のお祭りである。

湯島天神が近づくにつれ、屋台や出店も増えてくる。子供たちは菓子をねだり、女たちは笑いさざめき、血の気の多い男たちの口喧嘩《くちげんか》がおっぱじまる。賑《にぎ》やかだ。梅を見るだけで帰ろうと思っていたお妙は己のうかつさを悔やんだが、人の流れに巻き込まれてしまい、今さら引き返すこともできない。

お神楽《かぐら》の音が近くなってくる。周りの歩調に合わせて女坂をたらたらと登り、坂上から北を見下ろせば、不忍池《しのばずのいけ》に池之端《いけのはた》の町屋、上野の山の清水堂《きよみずどう》、寛永寺《かんえいじ》の大伽藍《だいがらん》。心が晴れ晴れとするような眺望である。

男坂と女坂の交わるところはさらに混雑しており、なかなか鳥居をくぐれない。押されるようにして境内に入り、お妙は「ふぅ」と息をついて防寒用の袖頭巾《そでずきん》を取った。風はまだ冷たいのに、ここにいると人いきれで暑いくらいだ。境内にも植木市や売り薬屋の出店、茶屋などが並んでいる。

お妙は人に流されるまま、ひとまず本殿へのお参りを済ませた。梅はまさに満開で、赤白咲き分けて甘いにおいを発している。

どういうわけだか梅の花は、近くに顔を寄せるより、通り過ぎたあとにふわりと香る。まるで懐かしい人の面影のように。

毎年この季節には、良人《おっと》だった善助と湯島天神に梅を見にきた。「そろそろ咲いたかな」「まだじゃない？」「そろそろかな」「じゃあ行ってみましょう」そんな会話を交わしていたのが、ついこの間のことのようにも思える。

でも昨年は、善助を亡くしたばかりでとても一人では来られなかった。二年ぶりの梅をこうして見られるのは、良人を偲《しの》ぶ余裕ができたということなのだろうか。

しんみりした気分を吹き飛ばすように、子供の泣き声が聞こえてきた。

「いやだ、いやだ、いやぁだ。蜜団子《みつだんご》買ってくんなきゃ、いやぁだ！」

七つか八つくらいだろうか、父らしき男に駄々をこねている。団子一本のために身も世もなく泣きわめける男の子が微笑《ほほえ》ましくて、弱り顔の父親には悪いがお妙は袖の下でくすりと笑った。

この日は寺子屋も休みである。子供たちは学問や筆の上達を願って参拝するわけだが、もちろん本当の目的はこちらであろう。

私もお団子食べちゃおうかしら。

お妙は懐から銭を入れた巾着袋《きんちゃくぶくろ》を出す。そのとき後ろから、ドンとなにかがぶつかってきた。

「わっ」

巾着が手から離れる。するとすかさず細い腕が伸びてきて、お妙が摑もうとする前に巾着をかっさらって行った。

「待って！」

それほど入っていたわけではないが、お妙はとっさに相手を呼び止める。だがそう言われて待つ馬鹿もいない。だいたいその後ろ姿は、まだ子供ではないか。

小回りの利く体を活《い》かして混雑をすり抜けてゆく――かに見えたが、相撲取《すもうと》りのような体格の男にぶつかって、真後ろに弾《はじ》かれる。そのまま背中から倒れ込み、動かなくなった。

「まぁ。坊ちゃん、坊ちゃん、大丈夫？」

仰向《あおむ》けに伸びてしまった男の子に、慌てて駆け寄る。

歳《とし》は先ほど団子を買ってくれと喚《わめ》いていた子と、さほど変わらないだろう。だがこの寒空の下、着ているのは擦り切れた木綿の単衣《ひとえ》。手足も顔も、どことなく薄汚れている。

その手からこぼれ落ちた巾着袋を拾い、男の子を助け起こした。頭を打っているかもしれないから、あまり揺すらぬよう心がける。

「もし、もし。聞こえますか」

お妙の呼びかけに、男の子はうっすらと目を開けた。乾いた唇が微《かす》かに動く。

「おっ、かぁ」

次の瞬間、その小さな体に巣くう腹の虫が盛大に鳴いた。

「お、お妙さん。その小汚――もとい、可愛《かわい》らしい坊ちゃんはいったい――」

神田花房町、居酒屋『ぜんや』。

馴《な》染《じ》み客の林只次郎が、床几《しょうぎ》に座って飯を食っている子供を見て目を丸めた。

これはきっとなにか誤解がある。わけを話そうとしたところへ、給仕のお勝が割って入った。

「しばらく余所《よそ》へ預けてたお妙の子だよ」

「う、嘘《うそ》でしょう」

只次郎の顔が今にも泣きだしそうに歪《ゆが》む。武家の男はなにやらいつもむっつりとしているのに、この人は表情が豊かだ。なるほどこれは、からかい甲斐《がい》がある。

「ええ、実は——」と、つい出来心でお勝の嘘に加担してしまったお妙である。

「なに言ってやがらぁ。オイラ、こんなおばさん知らねぇよ」

「なんだと、お前。お妙さんのどこがおばさんだ！」

子供相手にむきになる。やはり面白い男である。

「まぁまぁ。私もこのくらいの子がいてもおかしくない歳ですから」

間に入ってとりなした。それでも顔が笑ってしまう。

「まったく、お妙さんも人が悪いですよ。そんな冗談も言うんですね」

只次郎に苦笑され、お妙は「あら」と口元を押さえた。

本当だ。人を担ぐなんて、らしくない。この若いお武家さんといると、和んでしまって調子が狂う。

「それで、お前さんはどこの子なんだい」

「『お前さん』じゃない。小熊《こぐま》だ」

「小熊？　なんだ、可愛いじゃないか」

「うるせぇ。熊五郎《くまごろう》の子だから小熊だ。文句あっか！」

まだ声変わりには遠そうな声で啖呵《たんか》を切られても、只次郎は「すまぬ、すまぬ」と笑っている。子供が好きなのだろうか、そのまま隣に腰を掛けた。

「歳はいくつだい？」

「十だよ！」

「なんでいちいち喧嘩腰なんだよ。それで、父様《てて》はどこに？」

それまで威勢よく答えていた小熊が、その質問には口を閉ざした。拗《す》ねたように唇を尖《とが》らせている。

「林様、実は――」

そう言ってお妙は巾着袋を掏《す》られたことを除いて、小熊と出会った経緯《いきさつ》を話して聞かせた。

小熊のみすぼらしい身なりから、察するところがあったのだろう。只次郎も「うむ」と神妙に頷《うなず》く。

「小熊、答えたくないならそれでもいいが、父様も母様《かか》もいないのかい？」

顔を覗《のぞ》き込むようにして問い質《ただ》されても、小熊はむつりと黙ったままだ。

「しばらく一人で生きてきたんだね？」

そう尋ねられてようやく微かに頷いた。

「そうか」と只次郎も頷き返し、それ以上はなにも聞かずに小熊の頭を撫《な》でてやる。

「よかったな。お妙さんの飯は旨《うま》いだろう」

小熊はうつむいたまま、しばらく顔を上げなかった。

ほどよい間を保ったあと、只次郎は急に声の調子を変える。小熊の背中をポンと叩《たた》いた。

「だが感心しないな。蓮根《れんこん》のきんぴらが、手つかずで残っているじゃないか」

「蓮根は嫌いだ」

「なんだ、好き嫌いをするのか。贅沢《ぜいたく》な行き倒れだな」

「死んでも食わん」

「そう嫌うな。旨いぞ」

只次郎はそう言って、小鉢の中の薄切りにした蓮根を、ひょいと指でつまんで口に入れる。とんだ不作法者である。

「あっ、なにしやがんだ」

「いいじゃないか。どうせ食わないんだろう？」

「だからって勝手に食うなよ！」

泣いたカラスがもう笑う——いや、怒っている。だが只次郎につっかかるというよりも、じゃれついているように見えてきた。

その様子を見てお勝がぼそりと呟《つぶや》く。

「なんだい、上手《うま》いじゃないか」

只次郎はたしかに自分を見くびらせるのが上手い。優男な風体と締まりのない笑顔で相手を油断させ、するりと懐に入り込む。

これがこの男のすごいところ。どれだけ鶯飼《うぐいすか》いの評判があろうとも、普通は日本橋を代表する大店《おおだな》の主人たちと近づきになれるものではない。

「ああ、このシャキシャキとした歯触りと粘りが、甘辛い味つけによく合う」

頬《ほお》を持ち上げてにんまりしている只次郎からは、そんな計算高さは感じられないのだが。生まれ持った素質というものだろうか。

「お妙さん、置き徳利の酒をお願いします」

「はい、ただいま」と返事をして、お妙は戸棚の上に並んだ徳利から、『林様』という木札のかかったものを選び出す。

この置き徳利という仕組みを考えついたのもまた只次郎。武士という身分ながら、なかなかの商才である。

「なんだい、あの徳利の木札。菱屋も升川屋も三河屋も俵屋も、オイラ知ってるよ」

「お、よく気づいたね。あれは私が考えたんだぞ。この店の馴染み客が、酒をまとめ買いして置いとけるようにね」

しかも子供相手に得意げだ。この調子で菱屋や升川屋を巻き込み、鶯のあぶりが上手くいった祝いだと言って連れて来た他の大店の主にも徳利を入れさせてしまった。おかげ様で庶民の居酒屋である『ぜんや』に、豪勢な客がさらに増えたのである。

「嘘言ってらぁ。だってどこもすっごくでっかい店なんだぜ。こんな所に来るわけ――」

小熊がそう言いかけたとき、入り口の引き戸がガタピシと開き、貫禄《かんろく》のある老人が姿を現した。

「いやぁ、急に冷えてきましたね。お妙さん、酒をちょっと熱めにつけてもらえます?」

ぶるぶると身を震わせる老人を手で示し、只次郎が小熊に言った。

「はい、この方が大伝馬町菱屋のご隠居」

小熊はあんぐりと口を開き、真ん丸い目でご隠居を凝視している。そんなはずないと言いたいが、着ているものがいいので否定もできぬというところだろう。

それからハッと、徳利の並びを振り返る。

「じゃあ、あそこに並んでる奴らみんな来んのか？　三河屋も、俵屋も？」

三河屋は駿河町《するがちょう》に店を構える味噌《みそ》屋、俵屋は本石町《ほんごくちょう》の売薬商である。

お妙は「ええ、ありがたいことに」と頷いた。

「信じらんねぇ」

小熊は瞠目《どうもく》したまま呆然《ぼうぜん》としている。お妙にだっていまだに信じられないのだ。ごく普通の反応である。

「意外に流行《はや》ってんだな、この店」

だがなにを勘違いしたのだろう。小熊は突然目を輝かせ、小さな頭をひょこりと下げた。

「おばさん、お願いだ。オイラを住み込みで働かせておくれ！」

「おいおい、どうしてそうなるんだよ」

お妙の代わりにうろたえたのは只次郎だ。そうすると落ち着くのか、脇差に軽く左腕をかけている。

お妙はといえばただ黙って、小熊の伸びかけた奴頭《やっこあたま》を眺めていた。

二

「あ、そこ。段差があるので気をつけてくださいね」

只次郎を二階の内所へと案内する。

二階には二間あり、お妙は奥のほうの襖《ふすま》を開けた。

布団はすでに敷いてある。「どうぞ、こちらへ」と促すと、只次郎は「本当にいいんですか」と躊躇《ちゅうちょ》する素振りを見せた。

「だってこいつ、汚れてますよ」

只次郎の腕の中で、小熊は口を開けて眠っている。横抱きにされてここまで運ばれても、まったく気づかなかったようだ。

「そうですね。目が覚めたらお湯を沸かしてあげましょう」

いまいち噛《か》み合わないことを言ってお妙は微笑む。

満腹になるとようやく気が緩んだのか、小熊は床几に掛けたまま うつらうつらと船を漕《こ》ぎだした。食べ物もそうだが、おそらく寝る場所にも恵まれていなかったのだろう。まずはゆっくり眠らせてやりたいと思う。

只次郎が慎重に身を屈《かが》め、小熊の体を布団に横たえる。その上から夜着をかけてやり、お妙は小声で「ありがとうございます」と礼を言った。

なにを意識しているのか、只次郎の頰がさっきから赤い。お妙が小熊の枕元《まくらもと》に座ると、なぜか只次郎もその場に正座した。背筋がやけに伸びている。

「お、お妙さんは、いつもこの部屋で寝ているんですか」

「いいえ。隣の間です」

「あっ、そうなんですか。なんだかお妙さんのにおいがするなぁと思ったので。いや、変な意味じゃないですよ」

一人で照れて、一人で焦る。この歳下のお侍は、見ていて楽しい。

ふふっと唇の先で笑って、薄汚れた小熊の頰を撫でてやる。目尻《めじり》に浮いていた涙を、指先にそっと吸わせた。

クッと袖が重くなる。

「あら」

小熊が袂《たもと》を摑《つか》んでいた。起きたわけではないようなのに、放さない。

「困りましたね」と只次郎に微笑みかける。

だが只次郎は小熊の肩口をじっと見ていた。

「この着物、どこかで見たことがある気がするんですけどねぇ」

そう言って首を傾《かし》げる。

小熊が着ているのは、白地(薄茶色に変色しているが、元は白だったのだろう)に浅葱《あさぎ》色の格子《こうし》模様を染めた、木綿の単衣である。

「べつに珍しい柄ではないと思いますが」と、お妙も一緒になって首を傾げた。

「ええ、まぁそうなんですが」

頭をひねっても思い出せないようだ。階下から、只次郎を呼ばう声がする。

「おぉい、なにを長居してるんだい。抜け駆けは禁止ですよぉ」

ご隠居である。

只次郎は首まで真っ赤になって、「なにを言ってんだか。困ったもんですよ、あの爺《じい》さんも」と言い訳めいたことを口にする。お妙は堪《こら》えきれずにくすくすと笑った。

「どうぞ、行ってください。私はほら、もう少しここにいます」

小熊に握られた袂を示し、目で促す。只次郎は「はぁ、それでは」と、やや名残《なごり》惜しげに立って行った。

足音が遠ざかってゆくのを聞いて、お妙はふっと気を緩める。ぼんやりとした目で、小熊のあどけない寝顔を眺めた。

　本人は十だと言っていたが、痩《や》せこけているせいでもう少し下に見える。ふた親と死に別れ、こんな小さな体でいったいどうやって生き抜いてきたのだろうか。

　お妙には幸い善助がいたし、お勝もいた。あのころ善助は諸国を旅する行商だったが、お妙の養育のためにこの地所を手に入れ、居酒屋をはじめたのだ。

　前の商売の後始末をするのに一年。その間お勝の家に預けられていたお妙を迎えに来て、善助は言った。

「すまない、ずいぶん待たせちまったね。これからはずうっと一緒にいてやれるからな」

「本当に？　もうどこにも行かない？」

「ああ、約束だ。指きりするか」

　なのに、嘘つき。

　善助はもう、どこにもいない。

　お妙はスンと鼻を鳴らし、夜着の上から小熊の胸を撫でてやる。せめて善助との間に子でもあれば、こんな虚《むな》しさを味わうこともなかっただろうか。

　湯島天神の境内で倒れたとき、小熊はたしかにお妙に向かって「おっかぁ」と呼びかけた。飯を食わせてやるという名目で連れ帰ってしまったのは、そのせいだったのかもしれない。

「どうしてお前は、あそこにいたの？」

か細い声で問いかける。

温かそうな羽織を着せられ親に団子をねだる子らを横目に、小熊はどんな思いをしていたことか。この子の将来のためにも、誰かが手を差し伸べてやらなければ。

袂から外れてこてんと落ちた小さな手を夜着の中に入れてやりながら、ひとまず綿入れを縫ってやろうとお妙は思った。


「まずは自身番に届けることですよね」

只次郎の話す声が聞こえてくる。物音を立てずにそっと階段を降りていたお妙は、半ばでふと足を止めた。

「その上で養い親なり奉公先なりを見つけてやればいいんじゃないかと。どうです菱屋さん、小僧は不足していませんか？」

「よしてください。うちは素性の分からない者を雇うほど落ちぶれちゃいませんよ」

こちらの苦りきった声はご隠居だ。

いつの間にか鶯の糞《ふん》買いの又三も来ていたらしく、「そんなガキをここに置いとい
て大丈夫なんですかい」と口を挟む。

「悪い子ではなさそうだよ。ふた親を亡くしたというのも嘘じゃないようだし」

「甘いですぜ旦那。十とはいえ男でしょう。お妙さんとひとつ屋根の下でなにが起こ
るか――」

「馬鹿馬鹿しい。あんた、頭ん中にまで糞が詰まっちまってんじゃないのかい」

　この憎まれ口はお勝である。

「そうは言っても、俺がはじめて女を知ったのは十一ですぜ」

「おやまぁ、ませたガキだねぇ」

「相手は三味線のお師匠さんでさ。俺はそのころ紙屑《かみくず》拾いをしてたんだが、『ちょい
とこちらへ』って家の中に手を引かれましてね。いやもう、すごいのなんの。いろは
の『い』から手取り足取り――」

　トン、とお妙は音を立てて足を踏み出す。話し声がふいに止《や》んだ。

　トン、トン、トン。階段を降り、前掛けの紐《ひも》を結び直すふりをしながら店に出る。

「すみません、お待たせして。あら、又三さんもいらしてたんですね」

　なに食わぬ顔で微笑んでみせ、気まずそうな気配の漂う中へ割って入った。

「お酒、すぐに温めますね」

「あ、ああ。すまねぇ」

「林様、ご隠居さん、今日の魚は鰆《さわら》です。豆腐とほうれん草を入れて味噌味の小鍋《こなべ》仕立てにしようと思うのですが、召し上がります？」

「は、はい。いただきます」

「お願いします」

小熊を寝かせて戻った只次郎は、ご隠居のいる小上がりに移動している。二人はほとんど声を揃《そろ》えて返答した。

お妙はにっこりと微笑んで調理場に入る。あらかじめ三枚におろしておいた鰆の細長い片身を、皮つきのまま削《そ》いでゆく。

しっかりと脂を蓄えた寒鰆である、これは間違いなく旨かろう。

目が覚めたら小熊にも食わせてやろう。滋養がつくように、卵を落としてやってもいいかもしれない。もっと肉をつけないと、あれでは風邪をひいてしまう。

だがお妙の独りよがりな妄想を、義姉《あね》のお勝は許してくれない。

「それで、どうすんだい。ここで雇ってやるのかい？」

包丁を握る手が止まりそうになる。お妙はぎこちなく笑った。

「まさか。うちにそんな余裕はないわ」

「ま、そうだろうね」

「だけど、放《ほう》り出すこともできないでしょう。行き先が見つかるまでは置いてやらないと」

「そんな義理もないけどね」

「お勝ねえさんだって、義理はないけど私の面倒を見てくれたわ」

「しょうがないだろ。弟が拾ってきたんだからさ」

「だからつまり、乗りかかった船でしょう」

女二人の応酬に、男たちは口を挟めずぽかんとしている。

いけない、お客さんがいたんだわ。

お妙は表情を取り繕い、小ぶりの土鍋に具材を詰めて味噌を溶いた出汁《だし》を流す。それを七厘にかけて、鰆の身は崩れやすいので煮すぎに注意する。

お勝もむっつりとして、燗《かん》のできた酒を又三に出している。

その酒を手酌《てじゃく》で飲《や》りながら、又三が言った。

「聞きづれぇことだけど、お妙さんはなんでみなしごになったんで？」

遠慮がちに切りだしたわりには、真っ直ぐに切り込んでくる。とはいえすでに昔のこと、変に遠まわしな聞きかたをされるよりはいい。

「火事で家が燃えてしまって。と言ってもそのころの記憶はあやふやで、よく分からないんですが」

ぼんやりと覚えているのは、煤《すす》だらけの顔を善助が拭《ぬぐ》ってくれたこと。「助けが遅くなってすまない」と、何度も謝られたこと。「江戸に行こう」と誘われたこと。

どうやって自分一人が助かったのかも、お妙には分からない。ただ「仕事で父上には世話になったんだ」という善助を信じて、ついて来た。

「そんな辛《つら》いことがあったんですね」只次郎が痛ましげに顔をしかめる。

「まぁね、小熊とやらに同情する気持ちも分かりますが」ご隠居は渋い顔である。

小鍋がくつくつと、いい具合に煮立ってきた。布巾で摑み、折敷《おしき》に載せる。この人たちには旨いものでも食わせてしまえ。

「はい、お待たせしました」

銘々《めいめい》椀と木の匙《さじ》を添えて出す。蓋《ふた》を取ってやると、味噌の甘い香りと湯気がふわりと立ち昇った。

「はふはふ、うまぁ！」

「なんとも染みるねぇ、これは」

競うように取り分けて、幸せそうに食いはじめる。こうなると、しばらくは静かである。

又三もつられて手を挙げた。

「お妙さん、こっちにも小鍋を」

「はい、ただいま」

いそいそと調理場へ戻る途中、お妙は木肌をカリカリと引っ掻《か》く音を耳にした。続いて引き戸の向こうから、「ニャーン」という甘え鳴き。

薄く戸を開けると白猫が、するりと隙間《すきま》を抜けて入ってきた。

「はいはい、ちょっと待ってね」

どうせ餌《えさ》の無心に来ると思って、鯒のアラを煮ておいた。それを器に盛って、置いてやる。

以前ちょっとしたことがあって、鰤《ぶり》を切って食わせてやったら、味をしめてすっかり通い猫になってしまったのだ。だんだん懐いてきて可愛くもあり、今では訪れを心待ちにしているくらいである。

「ね、だから癖になるって言ったでしょ」と言われそうで、お妙は只次郎を振り返ることができなかった。

三

善助の形見である、子持ち縞《じま》の小袖を解いてゆく。

行灯《あんどん》の障子を上げて灯火で直接手元を照らし、糸を切らぬように慎重に抜く。抜いた糸は束ねておいて、また使うのだ。

夜なべをすると明日に響くかもしれない。だが早く綿入れを縫ってやらないと、小熊が風邪をひいてしまう。

洗濯をして仕舞っておいたはずなのに、なぜだろう。懐かしいにおいがする。

お妙は手にした小袖に頰を寄せ、深く息を吸い込んだ。

「おばさん」

閉じた襖の向こうから、あどけない声が呼びかけてくる。

お妙は小袖をゆっくりと膝《ひざ》に置き、「なぁに？」と返す。

「まだ起きてたの、小熊ちゃん」

「ちゃんはやめとくれよ。うん、ちょっと目が覚めちまってさ」

昼間たっぷり眠ったのだ。夜の眠りが浅くなるのも道理である。

「中に入らないの？」

「うん。あのさ」

襖越しのほうがいいようだ。小熊はそのまま話を続けた。

「どうしてあの武家の兄ちゃんや、怖そうなおばさんに、巾着掏られたこと言わなかったの？」

「あら、言ったほうがよかった？」

「そうじゃないけどさ」

お妙は頰を持ち上げて、声を出さずに笑う。男の子は可愛いものだ。

「だって、慣れていなかったもの。あんな人混みの中で、逃げきれるはずないでしょう」

人混みを利用して掏るのなら、気づかれないように盗《と》らなければいけない。そんな基本を無視して小熊は体当たりをしてきたのだ。

「倒れるほどお腹《なか》が空いていたんだものね、許してあげる。だけど、もうやっちゃダメよ」

「じゃあ、ここに置いてくれるのかい？」

歯切れの悪かった小熊の声が、急に明るくなった。話がずいぶん飛躍したものだ。

「どうして、うちがいいの？」

そう尋ねると、襖の向こうが沈黙した。しばらく待ってみたが、答えが返ってくる気配はない。

これは言いたくない、か。

小熊に気取られぬように、お妙は静かに息をついた。

「そうね、蓮根が食べられるようになったら、考えてもいいかしら」

「げぇっ。なんで蓮根」

今度は反応が早かった。心底嫌そうである。

「どうしてそんなに嫌いなの？」

「べつに、最初っから嫌いだったわけじゃないんだよ。けど食うもんがなくって不忍池の蓮根を勝手に引いてさ、生で食ってたら、ひどく腹を下しちまった」

「火を通してあれば大丈夫よ」

「うん、そうかもしれないけど。でもそれから、蓮根を見ると腹が痛い気がしてくるんだ」

「まぁ、大変ね」

好きなものでも食いすぎて腹を壊してしまったがために、苦手になってしまうことがある。お妙の場合は、葛切《くずき》りがそれだ。

子供のころあまりの旨さに人の分までもらって食べ、すっかり気持ちが悪くなってしまった。それからはツルッとした喉越《のどご》しが吐き気を誘い、とても食えなくなったのである。

今ではすっかり克服したが、小熊が言っているのはあの感覚とほぼ同じなのだろう。

「好き嫌いがあるようじゃ、置いてあげられないわよ。うちは食べ物屋なんだから」

「ええっ、そうなの？　ううん、蓮根かぁ」

本当は給仕のお勝も、ナマコだけは受けつけない。誰にだって一つくらいは苦手があるものだ。とはいえ蓮根のように普段からよく口にするものは、食えないと困ることもあろう。

「あのさ、おばさん。オイラ、厠《かわや》へ行ってくるね」

蓮根と聞いただけで、腹具合が悪くなったのだろうか。

「行ってらっしゃい」

厠は裏店と共用である。勝手口を出て、溝板《どぶいた》の上を歩かねばならない。

「ついて行こうか？」

「なに言ってんだい。一人で行けるやい！」

少しばかり見栄を張ったようだ。一人で生き抜いてきたにしては、小熊はあまり擦れていない。おそらく一人になってから、さほど長くはないのだろう。

小熊は足音で怖いものを追っ払おうとするかのように、ドタドタと階段を降りて行った。

お勝手を開ける音がここまで響いてくる。男の子は賑やかだ。今夜は晴れていて月が出ているから、溝板を踏み外すこともないだろう。

久しぶりの、一人ではない夜。

あまり長く手元に置いてはいけないと思うのに、この家に自分ではない誰かがいることが、こんなにも嬉《うれ》しい。

いっそのこと、小熊を養子に——。いや、それは出しゃばりすぎというものだ。

それでもあと少しだけ、母親の気分を味わいたくてお妙は手仕事を再開した。

もちろん偽りだと、分かってはいるのだけれど。

もういいかい。まぁだだよ。

裏店のほうから子供たちの遊ぶ声が聞こえてくる。

もういいかい。もういいよ。

「おや、あの声は小熊だね」

自分の食う昼餉《ひるげ》を求めにきたおえんが、豊かな胸を揺すって笑う。

どうやら小熊はかくれんぼの鬼になっているようだ。

「いいのかい。あの子、働かせてくれって言ったんだろ。ずいぶん楽しそうじゃないか」

「ええ。だけど、あんなふうに遊べるのも今のうちですから」

「はぁ、甘いねお妙ちゃんは。甘々だね」

そう言っておえんは呆れたように肩をすくめた。

「子供にはもっとこう、ビシッと言ってやんなきゃダメだよ。つけ上がるよ」

「なに威張《いば》ってんだい。アンタんとこにだって子はないだろ」

「それなんだよ、お勝さん。うちの人にもっと、精のつくもん食わしたほうがいいのかねぇ」

「そんなこたぁ知るもんか」

お勝に撥《は》ねつけられて、頬を膨らませるおえんである。

お妙は微笑み顔を作りながら、おえんの土鍋に湯豆腐を盛ってやった。

小熊が来てから、すでに三日が経《た》っている。人見知りをせぬ質《たち》のようで、小熊は裏店の子供たちとすぐに打ち解け、大人たちにも「熊公、ちょいとこっちを手伝っとくれ」と気軽に声をかけられている。活発で人好きのするいい子だ。

「アタシだって早く子が欲しいよぅ」

そう嘆きつつ、おえんは土鍋を受け取り、床几に掛けて食いはじめる。他の客とのお喋《しゃべ》りが楽しいようで、おえんはここのところ長っ尻だ。

「お妙ちゃんもいっそのこと、小熊の養い親になっちまいなよ。ねぇ、ご隠居」

小上がりで一人酒をたしなむ菱屋のご隠居にも遠慮なく話しかける。

ご隠居はゆったりと衿元《えりもと》を寛《くつろ》げながら、「そうは言ってもねぇ」と渋面を作った。

「けっきょくあの子は、どこの子だったんです?」

「それが、当人はまだなにも――」

次に言われることが分かっているから、お妙は先を言い淀《よど》む。

おっ母は七つのときに病で死んで、おっ父も三月前にお染風邪《そめかぜ》でコロリと逝《い》っちまった。

素性を尋ねても、小熊はそう言うばかり。その三月の間になにをしていたかは答えようとしない。

よほど言いたくないことがあるのか、それとも言えないのか。

「長年の経験から言いますとね、素性を明らかにできない奴ってのは、後々厄介事を起こすんですよ」

「でも、まだ子供ですし」

「子供だから染まるのも早いんです」

有無を言わさぬご隠居の口ぶりに、お妙はしかたなく口をつぐむ。「まぁまぁ」と間に入ってくれそうな只次郎は、まだ来ていない。

だから黙々と手を動かす。人参《にんじん》を千切りにし、鰹出汁《かつおだし》に味醂《みりん》、醬油《しょうゆ》、酒を合わせたものでコトコト煮る。それから別の鍋にごま油を熱して、揚げものをはじめた。

香ばしい、いいにおいが立ち昇る。それに誘われたように、小熊が「ただいまぁ」とお勝手から帰ってきた。

「こら、小熊。アンタなに遊び呆《ほう》けてんだい」

「だぁって、おばさんが遊んできていいって言ったんだもの」

さっそく文句を言うおえんに、応酬する小熊。歳のわりに弁が立つ。

「あっ、飴《あめ》なんか舐《な》めて。誰にもらったんだい？」

「紺屋《こうや》のおじさん」

「ああ」とおえんは顔をしかめ、お妙をちらりと見てから「駄染《だぞ》め屋か」と呟いた。

紺屋町に軒を連ねている職人たちとは違い、主に手拭《てぬぐ》いのような小物を染めているのでそう呼ばれている男だ。とはいえ肘《ひじ》まで染まった腕は藍染《あいぞめ》職人の証《あかし》。だから小熊は「紺屋のおじさん」と言ったのだろう。

「あいつ、前からお妙ちゃんに言い寄ってなかったっけ。最近はどうなの？」

「そういえば、あまり。ご隠居や林様がよく来てくださるからかもしれません」

大店の隠居と二本差しに睨まれては、駄染め屋とて身の置き所がないのだろう。とんと顔を見せなくなっていた。

「んもう、小熊。あんな男に物を貰《もら》っちゃダメじゃないか」

「そんなこと言ったたって」

「いいのよ。ちゃんとお礼は言った？」

おえんに責められ、お妙には礼もできぬ子供のような扱いをされ、小熊は「馬鹿にしてらぁ」と膨れた。

「そりゃあね。だってまだ蓮根も食えないんだろ」

「うへぇ」

潰《つぶ》れた声を出して小熊が白目を剝《む》く。「蓮根」と言えば変な顔をするので面白がられ、小熊の蓮根嫌いはすっかり有名になってしまった。

それを克服すれば『ぜんや』に置いてやるという約束まで広まっているようで、だからこそご隠居は素性云々という耳の痛い話を持ち出したのだろう。

心配してくれているのは分かるし、ありがたい。だがもう少しの間は見守っていてほしかった。

「小熊、お腹空いたでしょう。もうすぐご飯が炊けるから、座っていなさい」

七厘にかけていた小鍋から、噴きこぼれる泡が止まっている。お妙はそれを火から下ろし、蒸らしに入った。

小熊は「はぁい」と素直に頷き、おえんの隣に腰掛けた。ご隠居には近づきもしないあたり、誰が味方かを心得ている。

そんな小熊のために、折敷の上にお菜を並べてゆく。昼には蓮根を使った献立を一品入れることにしているが、食べ終えた器にはいつも蓮根だけが残っている。薄く切ろうがほくほくになるまで煮ようが、箸《はし》をつける気にはなれないらしい。

さて、本日の首尾はどうだろう。

人参を煮ていた汁に銀杏《ぎんなん》を入れ、片栗粉でとろみをつける。その餡《あん》を揚げ物の上からかけ、鰆の幽庵《ゆうあん》焼き、蕪《かぶ》の漬物に豆腐と焼き葱《ねぎ》の味噌汁、それから炊きたての飯をよそって出す。

育ち盛りの小熊の目が輝いた。「いただきます」と言うが早いか、凄《すさ》まじい勢いで食べはじめた。

「ゆっくり食べなさい」と言っても聞かぬ。男の子の食欲である。

お妙はさりげなくその食いっぷりを観察する。小熊がついに、餡かけの椀《わん》を手に取った。きつね色に輝いている揚げ物に箸が入る。

「ほふほふ」

熱かったのだろう。小熊が口から湯気を吐く。だがそれが収まると、「うまぁい！」と無邪気な声を上げた。

「なにこれ、とろとろでもちもちだよ。オイラ、こんな旨いもの食ったことないや」

お妙は「うふふ」と目を細める。小熊が椀の中を舐《な》めるように綺麗《きれい》に平らげてから、ようやく種明かしをした。

「蓮根よ、それ」

「はぁ？」小熊は一瞬きょとんとし、それから大げさなくらい顔をしかめる。

「嘘だぁ。これって餅《もち》じゃないの？」

「餅は餅でも、蓮餅《はすもち》なの」

蓮根をすりおろしたものに、片栗粉と山芋を入れて俵型にまとめ、油で表面をカリッと揚げる。そこへ熱々の餡をかければ、とろとろもっちりの蓮餅の餡かけのできあがり。

その手順を見られては台なしなので、「遊んでらっしゃい」と小熊を外へ出したのである。

「信じらんない。オイラ、すっかり食っちまったよ」

「お代わりもあるけど、蓮根って知ったらもう食べたくなくなっちゃった？」

「食う！　何遍でも食うよ！」

威勢のいい返事が返ってきた。お妙は満面に笑みを広げる。

「あのぅ。それ、私にも」

ご隠居が気まずそうに手を挙げた。旨そうなものには勝てぬ人だ。

「どうしよう、アタシも食べちゃおうかなぁ。でもこれ以上太ると困るしなぁ」

おえんも空になった土鍋を抱えて悩んでいる。

そこへ引き戸がカラリと開き、只次郎が顔を出した。

「こんにちは。なんですか、これ。香ばしいにおいが外まで漂ってますよ。ああ、腹減ったぁ」

そう言って腹のあたりを撫でさすりながら入ってくる。

お妙は「はい、お待ちください」と、歯を見せて笑った。

四

その夜、お妙はガタンという物音で目を覚ました。障子を上げておいた行灯の灯が、弱くなっている。いけない、縫い物の途中でうたた寝をしていたらしい。よく針で手を突かなかったものだ。手のひらで軽く頰を叩く。

物音は小熊だろう。階段を降りてゆく足音がする。眠りの浅い質なのか、小熊は夜中に一度厠に立つ。

お妙は縫い終わりの始末をして、糸を切った。仕上がったばかりの綿入れを、目の高さに持ち上げる。

鯖《さば》の背のような色をした子持ち縞は、小熊には渋すぎるかもしれない。善助が好んで着ていた色柄だ。

もしかしたらあの子は天神様がしばらくの間、私に貸してくださったのかもしれないわね。

そう思いつつ、膝に置いた綿入れを撫でる。そろそろ決意の固めどきだ。

あの子、足元は大丈夫かしら。

今夜は新月。裏店のどこかがまだ灯火をつけていればいいが、そうでなければ表は暗闇《くらやみ》である。秉燭《ひょうそく》でも持って行ってやろうかと、立ち上がりかけた。

階段がみしりみしりときしむのを聞いたのは、そのときだ。

みしり、みしりと人の上ってくる気配がする。外の暗さに、小熊が戻ってきたのだろうか。いや、小熊だったらもっと元気な足音だ。

みしり、みしり。襖の向こうに誰かが立ち止まった。

振り返った拍子に、短くなっていた灯心《とうしん》が油に没してジュッと消える。己の呼吸の荒さが耳についた。

どうしよう。押し込みならば、命すら危うい。

落ち着け。自分にそう言い聞かせた。なにごとも、取り乱してはし損じる。念のため針刺しから一本、針を抜いた。

お妙は中腰になり、手探りで進む。そして襖の横の壁にぴたりと背をつけた。

足音からすると、向こうは一人だ。誰だか知らないが、相手が襖を開けたらすぐに脇を抜けて逃げよう。きっと家人は寝ているものと油断しているだろうから、隙をついて外に飛び出すのだ。

ゆっくりと息を吐いて、相手の気配を読む。カタリ、襖の引き手に指がかかった。

薄く開いた隙間めがけて、身を翻《ひるがえ》す。

「うわぁ！」

突進してきたお妙に驚き、相手が怯《ひる》む。男の声だ。でも誰だか見当がつかない。

身を低くして、男の脇をすり抜けた。そのまま階段に向かおうとする。

「あっ！」

後ろから袂を摑まれた。反動で体が反る。大きな手に、口を塞《ふさ》がれた。

荒い息が耳朶《みみたぶ》にかかる。苦しい。もの凄い力で顔を押さえられて、声はおろか呼吸もままならない。

ああ、でもこのにおい。男の手に染みついたにおいは――。

お妙はぐっと足を踏ん張った。口を塞ぐ手に、持っていた針を突き立てる。

「いてぇ！」

押さえる力が緩んだ隙に、腕から逃れて走りだす。階段を抜けて、一階の店へ。

「待ちやがれ！」

男がすぐに追ってきた。暗闇と慣れぬ家の中、なにかを蹴飛《けと》ばしたのか、物がひっくり返る音がする。

驚いて振り返ったのがいけなかった。黒い影がすぐそこまで迫っている。ダメだ、捕まる。

「おばさん？」

危ういところで、勝手口の引き戸がカタリと開いた。小熊だ。

お妙と、それに覆い被《かぶ》さろうとしている影に気づいたのだろう。ハッと息を呑《の》むと、すかさず外に向かって大声で叫んだ。

「誰か、誰か来ておくれ。お妙おばさんが大変だよぉ！」

静かな夜に子供の声はよく響く。さっそく裏店のほうから、人の起きる気配がした。

チッと耳元で舌打ちがしたかと思うと、体を突き飛ばされていた。床几の上によろめき、煙草盆《たばこぼん》をひっくり返す。

「小熊、危ない！」

勝手口に突進して行った男が、小熊を押しのけ真っ直ぐに走り去ってゆく。

遠くから犬の吼《ほ》える声が聞こえてきた。

「お妙さん、大丈夫ですか！」

どこで噂《うわさ》を聞きつけたのか、まだまだ店の開かない朝五つ（午前八時）というのに、只次郎が息を切らして駆けつけた。

割れた皿や散らばった灰を片づけていたお妙は、いったん顔を上げて深々と礼を返す。

「こんな早くから、すみません」

「そんなことはいいんですよ。怪我《けが》はないですか」

只次郎がつかつかと近寄って来て、お妙の手を取る。真面目な顔で、変わりはないかと点検しているようである。

「ああっ、ここ擦りむいてるじゃないですか！」

お妙も気づいていなかったような、手の甲の小さな傷に、過剰なほど反応する。

「あの――」

「あっ、すみません！」

困って声をかけると、ようやく正気づいたようだ。握っていた手を慌てて放した。

「やだねぇ、助兵衛心丸出しで」

勝手口から入ってきたお勝が、呆れたように煙管《きせる》の煙を吐く。

「そんなんじゃありませんから！　ああ、小熊。お前も大事ないか？」

小熊は小上がりに尻を乗せて、足をプラプラさせている。すっかり萎《しお》れ返っており、只次郎が心配して声をかけた。

「ごめんなさい。オイラが厠に行くのに、勝手口を開けてったから」

「そうねぇ。アンタ足音がうるさいから、毎晩厠に行くの分かったもんね」

後片づけを手伝っていたおえんが、落ち込む小熊の背中を叩く。明るく笑ってはいるが、なんの慰めにもなっていない。

「賊は捕まったんですか」

「それがねぇ、うちの亭主が追っかけたんだけど、逃げられちまって」

「裏店の住人だったんでしょう？」

「そう、半端者の駄染め屋さ」お勝がけだるげに柱に寄りかかる。

「駄染め——ああ、ずいぶん前にお妙さんを口説いてた奴だ！」

只次郎にも覚えがあるようで、そう言ってポンと手を叩いた。

暗闇の中で男に口を押さえられたとき、お妙はたしかに藍のにおいを嗅《か》いだのだ。色と一緒に肌に染みついて取れない、それは藍染職人の手だった。

小熊の叫び声を聞いて、おえんの亭主が慌てて出てきてくれたものの、足の速い奴で取り逃がしてしまったという。町木戸は閉まっていたはずだが、木戸番が言うには

「町内の顔見知りだったんで通してやった」とのこと。

そうして夜が明けてみると、駄染め屋が家を空けたまま帰ってこない。まず間違いなく賊はあの男だったのだろう。

「そんな。お妙さんがなびかないからって、力ずくで――」

きっと前から機会を窺《うかが》っていたのだ。そこで小熊が厠に行くために、勝手口の戸を開けた隙を狙われた。

「捕まっていないなら、この先が心配だなぁ。そうだ、夜は私が警固しましょうか」

「なに言ってんだい。下心ちらつかせてんじゃないよ」

「違いますよ。私はただ純粋に――」

「夜はアタシが泊まりにくる。それでいいだろ」

「ああ、お勝さんがいればきっと鬼も逃げますね。あいてっ！」

只次郎とお勝の掛け合いは、こんなときでも見ていて楽しい。煙管で叩かれた頭を撫でる只次郎に、お妙は心密《ひそ》かに感謝を寄せた。

「まぁ自身番には報《しら》せてあるし、アタシらも目を光らせてるから、戻ってくりゃすぐ分かるよ。安心おし、お妙ちゃん」

豊かな胸をトンと叩く、おえんもまた頼もしい。昨夜は生きた心地がしなかったのに、唇に自然と笑みが浮かんできた。

「ありがとう。小熊もね。とっさに大きな声を出してくれて、助かったわ」

声をかけるとじっとうつむいていた小熊が、着物の袖で乱暴に目を拭《ぬぐ》った。

「でも、でもオイラ――」

「いいのよ。お前も怖い思いをしたわね」

お妙は小熊の隣に腰掛けて、その頭を引き寄せた。胸元にじわりと温かいものが染みてくる。震える肩を撫でてやった。

各々の心がしんみりと、落ち着くところに収まってゆく。

「お妙さん、聞きましたよ。大変だったんだね」

そこへご隠居が駆け込んできた。

歳のわりに健脚で、いつもは大伝馬町から歩いて来るのに、驚きのあまり駕籠《かご》を拾ったらしい。駕籠かきの遠ざかる声がしている。

「ご隠居さんまで、わざわざ――」

お妙が顔を上げるとご隠居は、ほっと息をついてよろめいた。

「ご隠居、大丈夫ですか」

床几に手をついたご隠居に、只次郎がすかさず手を添える。その助けを断りながら、ご隠居は体勢を立て直した。

「いや、失礼。安心したら力が抜けちまいましたよ」

懐から手拭いを出し、額に浮いた汗を押さえる。だが笑っていたその目は小熊を見ると、急に険しいものになった。

「まさかとは思うがお前さん、手引きなんぞはしてないだろうね」

「ご隠居さん！」

小熊は呆気にとられたように口を開け、お妙がご隠居を窘《たしな》める。

それでもご隠居は先を続けた。

「賊は裏店の駄染め屋だったんだろ。お前さん、あいつに飴を貰ってたじゃないか」

「貰ったよ。貰ったけど、そんな――」

「そのときにお勝手を開けといてくれと頼まれたんじゃないのかい」

心ない言葉をぶつけられ、小熊の口元が震えている。悔しさが募って、言い返す言葉も見つからないのだ。

「ご隠居さん、どうかもうそのへんで」

「お妙さんもね、女一人で暮らしてるんだ。こういう隙を作っちゃいけませんよ。だから言ったでしょう、素性の分からぬ者を置いちゃいけないと」

ご隠居に悪気がないのは分かる。お妙を心配しているだけだ。

それでも小熊の小さな胸についた傷を思えば許し難く、いっそのこと腹が決まった。

「素性なら分かっておりますよ」

そう言ってお妙はにっこりと微笑む。

その場にいた誰もが「えっ？」と問いたそうな顔になった。

「林様。たいへん申し訳ございませんが、本石町の俵屋さんに、こちらまでご足労願いますとお伝えいただけますか」

「は、はい」

わけも分からず只次郎は、名指しされて背筋を伸ばした。お妙はさらに笑みを深くする。

「小熊を預かっておりますので、ぜひにと。もっともあちらでは、別の名で呼ばれていたかもしれませんが」

告げた覚えもない身元をすらすらと言い当てられて、お妙を見上げる小熊の目が見事なほど丸くなった。

五

本石町の売薬商、俵屋の主人が只次郎に伴われて来たのは、それから半刻（一時間）ほど後のこと。

齢《よわい》五十を過ぎた主人は温厚で、常に微笑んでいるような顔をしている。そんな人が眉《まゆ》を曇らせて『ぜんや』の敷居を跨《また》ぎ、小上がりから弾かれたように立ち上がった小熊を見るや、「熊吉《くまきち》！」と呼んで駆け寄った。

パシリと乾いた音がする。小熊が左の頬を押さえてうつむいた。

「お前、どうしてなにも言わずに店を抜け出した？　今までいったいなにをしていたんだい」

ぶったほうの俵屋が声を上ずらせている。人情に厚い男なのだろう。

「ごめんなさい、旦那様。でも、どうしても我慢ならなかったんだ」

小熊のほうでも度々唇を嚙みしめて、泣くまいと堪えている。

いまいち緊張感のない只次郎が、「いやぁ、やっと私にも分かりましたよ」と頭を搔《か》いた。

「小熊の着ていた浅葱格子の着物、あれって俵屋さんのお仕着せだったんですよ。一年、二年と年季を重ねるごとに、格子の色が濃くなってくんです」

俵屋まで主人を迎えに行き、小僧たちが立ち働くのを見てようやく思い出したのだろう。やはりそういうことだったかと、お妙は心の中で頷いた。

小熊ははじめから、俵屋に用があったのだ。

この店の置き徳利を見たとき、三河屋も俵屋も来るのかとお妙に尋ねた。ここで働かせてくれと頭を下げたのは、そのあとだ。

ようするに、三河屋か俵屋の訪れを待つつもりだったのだろう。では小熊が湯島天神の賑わいに紛れ込んでいた理由はなにか。あそこの境内には売り薬屋の出店が出ていた。看板にはたしか、『俵屋』の文字を掲げていたはずだ。

その俵屋によく出入りしている只次郎が小熊の着物に見覚えがあると言ったとき、ではきっと店から与えられたお仕着せなのだとお妙は悟った。伸びかけているから分かりづらいが、小熊の髷《まげ》はたしかに小僧奉公の少年に多い奴頭である。

おそらく俵屋に小僧奉公をしていた小熊は、なんらかの理由で店を飛び出した。それでも主人に訴えたいことがあって、出店の周りをうろついていたのだろう。

「いったいなにが我慢ならなかったというんだい。言ってごらん」

主人にそう促され、小熊は己を取り囲む面々を見回した。お妙、只次郎、お勝、ご隠居、おえんもまだ帰らずに、床几の端に掛けている。

小熊は決意を固めたように、真っ直ぐに主人を見上げた。

「では申し上げます。手代の定七《さだしち》と利助《りすけ》を辞めさせてくださいませ」

まだ粗削《あらけず》りだが奉公人の口調になって、体を二つ折りにする。

「なぜ小僧のお前が、そんなことに口を出す？」

「それは。夜になると、奴ら二人がかりで――」

屈辱に頰を染め、小熊が両の拳《こぶし》を握った。素性を言いたがらなかったのも無理はない。きっとそのような経緯を人に話すのは嫌だったのだ。

商家の奉公人は、三十路前ではまず所帯を持てない。かといって女を買うほどの金も暇もなく、若い彼らの鬱屈《うっくつ》は、いきおい下の者に向けられる。そのような無体を働く者にとって、まだ肌の柔らかい十代前半の少年は格好の餌食《えじき》だろう。

「私は無茶苦茶に暴れて逃げました。でも朋輩《ほうばい》の長吉《ちょうきち》が心配で」

頭を下げたまま小熊は声を詰まらせる。長く息を吐いて、続けた。

「湯島天神の出店に長吉が来ているかもしれないと思って、見に行ったのです。でもいたのは定七で、恐ろしくなって逃げ出したところを、このお妙さんにぶつかり

――」

それでお妙が巾着を取り落とし、小熊はとっさに手を伸ばしてしまった。あれは故意ではなかったのだ。

下げっぱなしの小熊の頭を見下ろして、俵屋が深く息をつく。

「そういうことがあったなら、なぜ私のところに逃げてこなかった」

「だって旦那様はいつも奥にいるし、もうオイラなんかが気軽に話しかけちゃいけない人だと思って――」

小熊の口調がまた幼くなる。甘えるように洟《はな》をすすった。

「なにを言うんだい。私はお前の死んだお父つぁんに、小熊を必ず一人前の男にすると誓ったんだよ。どれだけ心配したと思ってんだい」

感極まって、俵屋もまた涙にくれる。

「この子の父親は、うちの番頭だったんですよ。算盤に強い男で、私の右腕と言ってもよかった。まさかあんなにコロリと逝っちまうとは、人は分からんもんですなぁ」

その忘れ形見を小僧として引き取ったというわけだ。

目頭を指でつまんで俵屋は涙を払い、小熊の肩に手を乗せた。

「安心しなさい。手代の二人にはもう、暇《いとま》を出したよ」

「えっ！」小熊がついに顔を上げた。表情が驚愕《きょうがく》に固まっている。

「店の金に手をつけていたことが分かったものでね。長吉も元気にしているよ」

「そう、そうだったんだ。よかったぁ」

固まっていた小熊の顔が、泣き笑いに溶けてゆく。長吉とは小僧同士、励まし合ってきた仲なのだろう。

「まだ子供なのに、苦労してんだねぇ」と、おえんがもらい泣きをする。

「ほら、ご隠居もなにか言うことがあるだろう」

お勝に促され、小上がりにゆったりと座っていたご隠居が膝を進めた。

「小熊、疑ってすまなかったね」

「いやそんな。菱屋のご隠居さんに謝られちゃ、こっちが困りますよ」

己の非を素直に認めたご隠居に、恐縮しきりの俵屋である。

「だけどお妙さんも人が悪い。小熊の素性を聞いてたんなら、早く言ってくださいよ」

ご隠居の恨みごとに、お妙は「あら、すみません」と何食わぬ顔で返す。小熊がものの言いたげにこちらを見ていたが、目で制した。

聞いていたということに、しておいて。

意図が伝わったのか、小熊は呆気に取られたように頷いた。

「お妙さん、小熊を拾ってくださってありがとうございました。お礼はまた、改めて」

俵屋がお妙に向き直る。別れの予感に、胸の奥が小さくきしんだ。

「あの、せっかくお越しになったんですから、なにか召し上がって行きません？」

だからつい、引き止めようとしてしまう。

「いいえ。店を放っぽって出てきたので、戻らないと」

「あ、そうですよね。私ったら」

「またゆっくりとお邪魔させてもらいますよ。ほら熊吉、帰ろう」

熊吉というのが、俵屋の小僧としての、小熊の名前なのだろう。

手を差し出され、小熊はきょとんと目を瞬いた。

「いいの？」

「いいわけがない。帰ったら店の床掃除。ピカピカにするまで飯を食わさないからね」

小熊は背筋を伸ばし、表情を改める。

「はい、よろしくお願いいたします」と、腰を折ってはきはきと喋った。

「じゃあ、待ってて小熊。あなたに綿入れを縫ったの。せめてそれを——」

「お妙さん、それはちょっと。奉公人の着るものは、うちで用意しますので」

「そう、ですよね。すみません」

俵屋にやんわりと窘められて、お妙は胸の前で手を握った。自分で思っていた以上に動揺している。胸が早鐘を打っていた。

「旦那様、少しだけいいですか」

主人にそう断ってから、小熊がこちらを見上げて無邪気な笑顔を見せる。子供らしい、いい顔だ。

「おばさん、オイラ蓮根食えたよね」

「そうね。お代わりまでしたわ」

「だったら、オイラもうここの子だよね」

蓮根が食べられるようになったら、置いてやってもいい。たしかにお妙の言ったことだ。

「ええ。だから、藪入《やぶい》りにはうちに帰ってらっしゃいね」

声が涙に溶けそうになる。抱きついてきた小熊を、お妙は強く抱き返した。

「ありがとう、おばさん」

そう言って身を離した小熊は、いっぱしの大人の顔に近づいていた。

お妙は『ぜんや』の表に立って、神田川のせせらぎに耳を傾けていた。昌平橋《しょうへいばし》を渡って日本橋方面へと去って行った俵屋の主人と奉公人の姿は、もう見えない。小熊はお妙に「さよなら」と告げて背中を向けると、それっきり一度も振り返らなかった。

「昼間は暖かくなってきましたね」

いつまでも戻ってこない店主を心配してか、只次郎がのそりと後ろに立つ。前に回ってこないのは、お妙に涙を引っ込める猶予をくれているのだろう。

「お妙さんは、四季の中ではいつが一番好きですか」

もはや気を遣いすぎて、質問がおかしい。それは今聞かなければいけないことなのだろうか。

変なお武家様。呆れつつも、笑ってしまう。

「私はやはり、春が」

「そうですね。お妙さんには、柔らかくて暖かくて華やかな春が、よく似合います」

花の姿は見えぬのに、風に乗ってどこからか、梅の香りが届いてくる。

「私も春が好きですよ」

只次郎がそう言うのを背中で聞いて、お妙はゆっくりと目を閉じる。

頭の中に広がるのは満開の梅の花。その下に佇《たたず》む懐かしい人の面影は、靄《もや》ったようにぼやけていた。

なずなの花

一

如月《きさらぎ》も半ばを過ぎれば桜の蕾《つぼみ》も膨らんで、真冬のような寒さとうららかな春の陽気が日ごとに入り乱れる。

本日の気候は幸いにも後者のほう。表を歩いていてもあくびが出そうな、のどかな昼下がりである。

にもかかわらず林只次郎は、険しい顔で目の前の長屋門を眺めていた。

珍しいことに、紋付羽織袴《はおりはかま》姿。これは林家の家格からすれば礼装である。

まったく、どうしてこんなことに。

今の状況を心の中で嘆きつつ、只次郎は小脇《こわき》に抱えた風呂敷包《ふろしきづつ》みを持ち直した。

中身は鶯《うぐいす》の籠桶《こおけ》である。父の上役である佐々木様の鶯の、鳴きつけがどうにか仕上がったのだ。

しかし、ようやく肩の荷が下りたと喜んだのもつかの間。父が己の手柄のような顔をして返しに行くのだろうと思っていたのに、なぜか「次男坊直々に返却に来られたし」と先方からの沙汰《さた》があった。

只次郎にとっては寝耳に水。一面識もない父の上役を訪《おと》なうなど、ほとんど災厄に等しいことだ。

「粗相のないように」と言い聞かす父は眉間《みけん》にじっと皺《しわ》を刻み、母は気を揉《も》んで、切り火を打って息子を送り出した。

こうして屋敷の前に立ってみれば、さすがは一千石取りの旗本である。林家の屋敷がすっぽり四つ入るだけの敷地に、堂々たる門を構えていた。

それを見るだけでも、嫌気の虫がさしてくる。

とにかく武家への訪問は、しきたりが面倒なのだ。一人でふらりと顔を出すわけにもいかず、下男の亀吉を供に連れている。

「あのぅ」

亀吉が遠慮がちに声をかけてきた。

いつまでもこんなところに立ち尽くしているわけにはいかない。

息を深く吐いてから、只次郎は腹をくくった。

「頼む」と目で頷《うなず》く。

門番に取り次ぎを頼みにゆく亀吉の背中を見送り、只次郎は頬《ほお》を引き締めた。

父によると佐々木様は、多少の無茶も通すが、それに応《こた》えればきちんと評価してくださる、公正な方らしい。「だからきっと、直々に礼を言いたいのだろう」と聞いて来たのだが。

「ほう、そこもとが林の次男坊か。面を上げよ」

座敷の上座から値踏みするような目を向けてくるこの男に、人を労《ねぎら》う気持ちがあるとは思えない。

歳《とし》は四十そこそこ。皮膚が後ろに引っ張られているような、のっぺりとした顔をしている。三日月形に細められた目は離れ過ぎており、どことなく蛇を連想させた。

「歳はいくつだ?」

「は、二十一になりました」

「そのわりには、なんとも頼りなげな顔をしておるな」

自覚していることだから、べつに腹も立たない。

相手が商人なら「そうなんですよ、若く見えちゃって」と冗談の一つも飛ばすところだが、唇の端に控えめな笑みを乗せるに留《とど》めておいた。

余計なことは言わぬにかぎる。

佐々木様はやや物足りぬという顔を見せ、「して、鶯は」と本題に入った。

「はい、これに」

只次郎は風呂敷を解き、漆《うるし》塗りの籠桶を差し出した。

障子紙を貼《は》った戸を外して中を見せる。

止まり木で休んでいた鶯が驚き、二、三度羽ばたいた。

「鳴かせてみよ」

促されたのが分かったのだろうか、鶯は嘴《くちばし》を開けて「ホーホケキョ」と声を張る。

佐々木様は満足したように頷いた。

「鶯じゃな」

おかしな感想である。だが、それだけ前の鳴きかたがひどかったのだ。

本鳴きに入るとこの鶯は、なんと「ヒーヒキョペキョ」と鳴きだした。

ここまでひどいクセは只次郎とてはじめてである。下手をすると他の鶯にまで移ってしまうかもしれない。

そこで籠桶を布で包んで暗くし、いったん鳴きを止めてから、ひたすらルリオの声を聴かせてやった。体力を損なわぬよう滋養のあるものを食わせ、歌の覚え具合を見ながら慎重に明るさを変えてゆく。

これだけやっても、直らないときは直らないものだ。

ダメだったときはなんと言おうかと頭を悩ませていた矢先、鶯が「ホーホケペキョ」と鳴きだして、只次郎はどうにか胸を撫《な》で下ろした。あとは「ぺ」の音を抑えるだけ。さほど難しいことではない。

こうして佐々木様の鶯は、美声とまではいかぬものの、どうにか鶯らしい鳴き声を取り戻したのである。

「よかった。こいつに鳴かれると、どうも調子が狂っての。いくら鳴かれても耳障りで、斬《き》ってやろうかと思うたわ」

佐々木様は鶯の羽の色艶《いろつや》や嘴の色などには目もくれず、鳴き声だけを聞いている。

いつだったか鶯の糞《ふん》買いの又三が、鳥屋で似たのを見つくろってきても分かりゃしないというようなことを言っていたが、本当にそうだったかもしれない。

もし只次郎がルリオを人に預けていたのなら、まずはその健康状態をじっくり観察するだろう。鶯は決していい音の出る玩具《おもちゃ》ではないのだから。

「しかし、ちと時がかかりすぎたな」

なぶるような声で話し、佐々木様がにたりと笑う。

それは本鳴きの時期ではない鶯を押しつけてきたからで、こちらの不手際ではないのだが。弁解と取られては見苦しいと思い、只次郎は「鶯には鶯の事情がございますれば」と頭を下げた。

佐々木様がフンと鼻を鳴らし、手を高く打つ。すると先ほど只次郎を座敷に案内してくれた雇い侍が音もなく現れ、鶯の籠桶を下げて行った。

ほんの四月《よつき》ばかりとはいえ、心を込めて世話をした鶯である。息災であるようにと願わずにはいられない。

「さて、礼と言ってはなんだが」

そう言いながら佐々木様が、脇息《きょうそく》を引き寄せた。

いくら相手が目下でも、人に礼をする態度ではない。

「お主も、部屋住みのままでは嫌だろう？」

「は？」と返しそうになって、只次郎は気を引き締めた。

慎重に、と己に言い聞かせる。

「どういうことでしょうか」

「養子先を、世話してやってもいいと思うてな」

ごくりと、喉《のど》が上下した。

こちらの反応を、佐々木様が面白そうに窺《うかが》っている。

もったいぶるように間を置いてから、先を続けた。

「小十人組頭の高山《たかやま》が婿《むこ》を探しているもんでな。お主が望むなら、口を利いてやらんでもないぞ」

慣れぬものを着ているせいか、じわりと脇に汗がにじんだ。

佐々木様は一千石取りの小十人頭。その下役である小十人組頭の役高は三百石だ。百俵十人扶持の林家では家格が釣り合わぬ。

その無理を、上役の力で通そうというのだろうか。鶯の鳴きつけの礼にしては、いくらなんでも度が過ぎている。

「ありがとうございます」

只次郎はその場に平伏した。畳に額をこすりつける。

「なれど私は、鶯を鳴かせるしか能のなき男ですので」

面を伏せていても、佐々木様の気配が変わるのが分かった。

「つまり、断るとな？」

「私は、鶯の世話をしていられれば幸せにございます。高山様のお跡目を継ぐ器ではございません」

冗談ではない、と内心では思っている。

商家の養子なら喜んで受けるところだが、堅苦しい武家の婿になどなりたいものか。そもそもこの男に恩を受けてしまったら、一生手足のように使われかねない。なにが「きちんと評価してくださる」だ。それは「取り込まれている」というのだ。我が父ながら、人を見る目のなさが心配になる。

「なんだ、ただのうつけか」

独り言のつもりだったのだろう。だが佐々木様の洩《も》らした本音はたしかに只次郎の耳に届いた。

なるほど、ここはうつけで通すのが正解のようだ。

只次郎はわざと口元の締まりをやや緩くした。

「ならばお主、なにを望む」

「私の望みはただ一つ。極楽浄土にいるという、迦陵頻伽《かりようびんが》のごときしらべを鶯に歌わせとうございます」

自分で言っていて笑いだしそうになった。はたしてこのような出鱈目《でたらめ》が通用するものだろうか。

「お主、迦陵頻伽の声を聞いたことがあるのか」

「いえ、ございません」

ふぅ、と人を馬鹿にしたようなため息が聞こえてきた。

「もうよい。面を上げよ」

言われたとおりに顔を上げる。

佐々木様の頰からは、含みのある笑みが消えていた。白けた顔で、ぞんざいに尋ねられる。

「一応聞いておくがお主、商人たちを集めてなにをしておる」

「はて、なんのことでしょう」

「さる居酒屋に、昵懇《じっこん》の商人を招いているそうではないか」

「はぁ、あれは鶯飼いのお得意様たちでして」

父か、と只次郎は考える。

以前下男の亀吉に、只次郎の身辺を探らせていたことがあった。

だが佐々木様がなぜそんなことを聞いてくるのかは分からない。ひとまずとぼけておくことにした。

「鶯の話をしながら、飯を食っております」

そう言って、とびっきり嬉《うれ》しそうに笑って見せる。

佐々木様は只次郎から一切の興味を失ったようだ。うつけに用はないとばかりに、明後日《あさって》のほうを向く。

「そうか。ならばもう下がってもよいぞ」

どうにか危機は回避できたらしい。

只次郎は最後にもう一度「は」と答えて顔を伏せ、見えないのをいいことににんまりと笑った。

二

門番の詰所で呑気《のんき》に煙草《たばこ》をふかしていた亀吉と合流し、くぐり戸を出てから只次郎は、ようやく詰めていた息を吐いた。

妙に肩が凝っている。久しぶりに娑婆《しゃば》に出たような気分だった。

「大丈夫ですか」と、亀吉が気遣うそぶりを見せる。

「ああ、少し気が張っただけだよ」

「はぁ」

半端な相槌《あいづち》を返し、後についてくる。この下男は一度酒を恵んでやってから、只次郎を見るたび餌《えさ》を欲しがる犬のような顔をするようになった。

決して口には出さぬが、目が期待している。

只次郎は歩きながらピシリと合わせてあった衿《えり》を寛《くつろ》げて言った。

「亀吉、お前酒がほしくはないかい」

「え。は、はい」

団子のような丸い顔がパッと輝く。これは扱いやすくていい。

「こないだ私の身辺を探っていたのは、父上に頼まれたんだろう？」

「はぁ、それはたしかに旦那《だんな》様が。でも――」

「なんだい？」

重ねて尋ねられ、亀吉はしばし言い淀《よど》む。それでも酒の誘惑には勝てなかったようで、薄笑いを浮かべて先を続けた。

「探るように言われたのは、最初からあの居酒屋の女将《おかみ》のほうで」

その答えは予想していなかった。

只次郎は勢いよく亀吉を振り返る。

「どうして！」

「さぁ。只次郎様が下手な女に引っかかってないか、心配だったんじゃありませんか」

亀吉は言われたことしかできぬ男だ。

主人の意図を汲《く》むとか、先回りをして考えるとかいった気働きには向いていない。下された命令にも、疑問を差し挟むことはないのだろう。

「べつに引っかかっちゃいないよ」

むしろ引っかけてほしいくらいだがそこは訂正し、只次郎は歩を進める。

なぜ小さな居酒屋の女将なんぞに、父が興味を持ったのだろう。亀吉の言うように、息子の女関係を洗うためか。

だが亀吉は「最初から」と言ったのだ。

只次郎を探っていてお妙にたどり着いたのでないとすれば。

もしや、父上もお妙さんを見初めたんじゃ——。

仲御徒町の林家の屋敷から、千代田のお城に上る際、小十人番衆は徒歩《かち》である。神田花房町はその通り道にあたるはず。『ぜんや』の前に佇《たたず》むお妙の姿を、父がなにかの折に目にしたとしてもおかしくはない。

お妙を慕わしく思うあまり、それにかかわる男たちをすべて色恋の眼鏡で見てしまう只次郎である。少し落ち着こうと、乱れる息を整えた。

仮にそうだったとしても、貧乏旗本に女を囲う余裕があるはずもない。

これ以上おかしな動きを見せるようならば、即刻家に入れる金を止めてやればいいのだ。あまり言いたくはないが、林家を支えているのは自分なのだから。

「話してくれてありがとう。酒は、夜にでも部屋に届けるよ」

下男にそんな飴《あめ》をくれてやりつつ、主従は佐々木様の屋敷の外塀《そとべい》をぐるりと回る。九段坂《くだんざか》の近くにあるこの屋敷は、只次郎の家から歩いてくると本当は裏門のほうが近い。

その裏門の前に、見知った顔が立っていた。

「あれ、又三。又三じゃないか」

武家屋敷の建ち並ぶこの界隈《かいわい》で、声をかけられるとは思っていなかったのだろう。又三が身を硬くして振り返る。

「ああ、林の旦那じゃないですか」

顔の彫りの深い男である。先ほどの佐々木様の、のっぺりとしたご面相とはあまりに対照的で、只次郎は思わず笑ってしまった。

「どうしたんだい。妙なところで会うじゃないか」

「なに言ってんですか。あっしはただの仕事ですよ」

「佐々木様のところへかい？　鶯は、さっきお返ししたばかりだよ」

ここの鶯は只次郎がずっと預かっていたのだ。それは又三も知っていたはず。糞が溜まっているはずがない。

「あ、しまった。忘れてた」

しばらく間があってから、又三がぴしゃりと額を叩《たた》く。

「うっかりだねぇ」と、只次郎は声を上げて笑った。

こうしたやり取りの、なんと気軽なことだろう。やはり武家の婿養子になど、なってたまるものかと思う。

「じゃあ、私のところに来ておくれよ。けっこう溜めちまってるんだ」

これから夏にかけては鶯の鳴きつけの依頼が増える。又三にとって只次郎は太い客だ。それに、酒もしょっちゅう奢《おご》ってやっている。

「そうですね。参りやしょう」

又三は佐々木家の外塀をちょっと横目に見てから、頷いた。

「おや、又三。唇のところ、血が出てないかい」

仲御徒町の拝領屋敷まで、男三人の道中である。又三は只次郎の斜め後ろ、亀吉はやや離れてついてくる。

又三を振り返り、只次郎は自分の唇を指で示した。

「ああ、これはちょいと嚙《か》まれましてね」

「犬か猫にかい？」

「まぁ、そんなところです」

べろりと傷口を舐《な》めて、しみたのか又三が顔をしかめる。苦み走った男には似合いの表情である。

「ところでお妙さんちに押し入った賊は、まだ捕まっちゃいねぇんでしょ」

「ああ、そうなんだよ」

それが目下の気がかりだ。只次郎は眉《まゆ》を下げる。

半月ほど前に『ぜんや』の内所に忍び込んだ賊は、裏店《うらだな》に住む駄染《だぞ》め屋だった。とはいえ家財道具も銭も打ち捨てて逃げたのだ。寺の軒下で雨露をしのいでいるか、そのうちこっそり物を取りに戻ってくるかと思われたのに、いっこうに姿を見かけない。

どこかで野垂れ死にしているにせよ、届けはしてあるから報《しら》せがくるはずなのだが。

「困ったことに、なんの消息も知れないねぇ」

これには又三も浮かぬ顔。

「ですよね」と珍しく深刻ぶっている。

「一番の目印は肘《ひじ》まで藍《あい》で染まってることだが、それも日が経《た》つと色が抜けてってしまうだろ。早く見つかってほしいものだよ」

そんなそぶりを見せるまいとしているが、お妙はどれだけ不安な夜を過ごしていることだろう。

この半月あまり、お妙の義姉《あね》で給仕のお勝が泊まり込んではいるが、あの婆《ばば》あ、干からびた猿のようなご面相で、なんと亭主がいるらしい。

住まいは内神田の横大工町《よこだいくちょう》というから近場だが、お妙がすっかりすまながっている。

「べつにガキじゃないんだから、亭主は放《ほう》っといても死にゃしないよ。それにあの人だってアンタのことを案じてんだ。しっかりついててやれって言われてるよ」

遠慮は無用と言われても、申し訳なさがつのるのだろう。

そんなことより我が身を気にかけてほしいものだが、人の心配が先にきてしまうところがお妙らしい。

「私もね、もう少し頼ってほしいと思うんだが」

「旦那、腕っ節は立つんですか」

「いや、それが全然」

お恥ずかしいことに、自分には向いていないと割り切って鍛錬《たんれん》を怠《おこた》ってきた只次郎である。腰の大小はほとんど飾りだ。

「でもきっと、お勝さんよりは戦えるよ」

「あの婆あが暗がりに立ってたほうが、よっぽど怖いですよ」

それはおそらく真理である。只次郎はがくりとうな垂れた。

「まったく役に立たずだねぇ、私は」

「なに言ってんですか。旦那は誰よりお妙さんの助けになってますよ」

「本当かい？」

「『ぜんや』に太ぇ客を連れてくるじゃないですか。お陰でちょっと前までかつかつだったのが、近ごろは少し余裕がありそうだ」

「違うよ。私はもっとこう、お妙さんの危機にさっと駆けつけてね、敵と斬り結ぶような、そんな働きがしたいんだよ」

「餅《もち》は餅屋、飴屋にゃできねぇこともありますぜ旦那」

はっきり無理と言われてむくれる只次郎。このままでは引き下がれない。

「だったら飴屋ならではの餅を作ってやるよ」

「いや、飴を作ってくだせぇよ」

後ろですべてを聞いていた亀吉が、堪《こら》えきれずに「フヒッ」と笑った。

佐々木様の御屋敷の、漆喰塗《しっくいぬり》の門とは違い、林家は二本の柱を建てた上に貫《ぬき》を通した冠木門《かぶきもん》である。

門番はない。その代わりくぐり戸に砂利の入った徳利をぶら下げてあり、押して入ればその重みで勝手に閉まる仕掛けになっている。

「又三、私はちょっと着替えるから、そのあとで『ぜんや』に行かないかい？」

わざわざ又三や下男を裏口に回らせるほどの屋敷でもないので、三人続いてくぐり戸を通る。背後でパタンと、徳利が木戸を閉める音がした。

「いいですねぇ、ご一緒しやしょう」

タダ酒が飲める又三にもちろん否やはない。二つ返事で頷いた。

しかし木戸の閉まる音が聞こえたのだろう。母屋の玄関がからりと開き、そこに母が立っていた。

「只次郎、首尾はいかがでしたか」

張りつめたような顔で尋ねてくる。

もしや次男の帰りを上り口に座ってずっと待っていたのだろうか。そうとしか思えぬ間合いであった。

「ええっと。又三、先に離れへ行っといてくれないか」

おそらく奥では父も報告を待っているのだろう。立ち話で済ませるわけにはいかなそうだ。

目で「すまない」と訴える。又三は「へい」と腰を低くして、下男に案内されて行った。

三

すでに春と思えた陽気も、日が陰ると急に肌寒く、人の身を震わせる。

林家を出てしばらくすると、油断して薄着で出かけたらしい又三が、「明日はきっと冷えますねぇ」と腕をさすった。

だが只次郎は肌よりも心が寒い。何度目になるか分からぬため息を、腹の底から吐ききった。

「なんか、やつれてますねぇ」

「ああ、平気だよ。ちょっとばかり生気を失っただけさ」

　この程度なら、お妙の微笑《ほほえ》みひとつでたちまち元気が戻るだろう。もはや『ぜんや』は只次郎にとって、なくてはならぬ場所である。

　それにしても奥の間で、父母のみならず兄までが同席し、あれこれ問い質《ただ》されたのには閉口した。

　黙っていてもいずれ分かること。只次郎は正直に、縁談を断ったことを話した。

　反応は三者三様であった。

「なぜそのようなよい話を辞退する。今すぐ儂《わし》と行って、額を土間にこすりつけてでも取り持ってもらおうではないか」

　と父は床を踏み鳴らして立ち上がり、

「この軟弱な子が高山様のところへ婿入りしたとて、苦労するだけですよ。あちらの内証は、うちより苦しいんじゃないですか」

　稼ぎ頭を取られたくない母が胸の内で算盤《そろばん》を弾《はじ》けば、

「弟の禄《ろく》が兄を越えるなど、国の乱れるもとである」

　などと壮大なことを言って、兄が嫉妬《しっと》をむき出しにする。

　それぞれに別の方角を向いて騒ぎだした面々を、宥《なだ》めるのは大変だった。

「ともあれ正式な話であれば、まずは父上に相談があったはず。おそらく高山様はなにもご存じありますまい。佐々木様とて私のことは、鶯にうつつを抜かしておるうつけとすでにお見限りにござりますれば、話を蒸し返すようなことはなさらぬがよろしかろうと」

自分でも舌を噛みそうな文句を並べ、父には諦《あきら》めを、母には安心を、兄には自負を植えつけてやる。

そうやってどうにか逃げ出してきた。

「旗本の次男坊ってぇのは気楽だと思ってましたが、案外苦労もあるんですねぇ」

又三のような者にまで同情されては、もはや苦笑するしかない。

「まぁでも縁談っていや――」

そう言いかけて、又三が不自然に口を閉ざした。

「なんだい？」と問いかけると、「いや、これはなかったことに」と首を振る。

「かえって気になるじゃないか」

「しつこい男は嫌われますぜ」

又三は口を尖《とが》らせてそらとぼけ、手にしていたなずな、別名ペンペン草を揺らす。三味線《しゃみせん》の撥《ばち》に似た実がぶつかり合い、シャラシャラシャラと音を立てた。

「それは、お栄にもらったのかい？」

「ええ、そうです。お武家様の庭にもあるなんざ、これって本当にどこにでも生えるんですねぇ」

父母と兄から解放されて離れへ向かってみると、中庭で姪《めい》のお栄が又三と遊んでいた。

前に会ったときは又三の濃い顔に恐れをなしていたのに、早くも慣れたのか、持ち前の人懐っこさを発揮《はっき》していたお栄である。

二人で縁側の近くにしゃがんでなにをしているのかと覗《のぞ》いてみれば、ペンペン草を鳴らしていたのだ。

「ほら、この撥みてぇなところを引っ張って、薄皮でちっとだけくっついたまんまになるように剝《む》くんですよ。こうしねぇと振っても音は出ませんぜ」と指導する又三は、意外に面倒見がいいのだった。

「このなずなってぇ草はね、てっぺんに花があるでしょ。そんでもってこの実の部分は、前に花がついてたとこなんです。花が終わって実になっても、どんどん伸びてその先へ花をつける。散って終わりの綺麗《きれい》な花に比べりゃあ、ずいぶんたくましいじゃありませんか」

「へぇ、詳しいんだね」

「ガキのころの玩具といえば、こんなもんしかありゃしませんでしたから。それにほら、これって若菜のうちは食えるでしょ」

なずなは春の七草である。細かく刻んで粥《かゆ》に入れ、只次郎も毎年正月七日には食す。

「そうだね。あれはなかなか、野趣《やしゅ》があって旨《うま》いもんだ」

只次郎が同意すると、今度は又三が頰に苦笑の色をにじませた。

シャラシャラ、シャラシャラ。小さな撥が鳴っている。

なにを考えているのか、又三は小さな子供のように、飽きもせずそれを振り続けた。

「そういや、旦那の母君ははじめて見ましたよ。似てますね」

「そうかい？　母上の若いころを知る人にはよく言われるけどね」

「母君の顔から皺と険《けわ》しさを取りゃ、まんま旦那でさぁ」

失礼なことを平気で言って、又三はえへへと歯を見せた。

不作法で遠慮がなく、人を見ればすぐ酒をたかりにくるが、この男には幇間《ほうかん》めいた愛嬌《あいきょう》がある。だからこそ、こうして連れ歩いてしまうのだろう。

「母親ってぇのは、あんなふうに子を心配して待ってるもんなんですね。なんかジンときちまいやしたよ」

「又三。もしかしてお前、母御はいないのかい？」

「なに言ってんですか。木の股《また》から生まれるわけでもあるまいに。ちゃんといやしたよ」

それでも又三の口ぶりからは、母との縁の薄さが感じられた。

だがそれ以上なにかを尋ねる前に、二人は神田花房町、居酒屋『ぜんや』の前に立っていた。

「やっぱりさ、子授けなら山王権現《さんのうごんげん》だよ。アンタ、升川屋に言って連れてってもらいな」

「せやけど、そんなん恥ずかしいてよう言わんわ」

「じゃあ気張って励むしかないよ。たしかさ、左を下にして交わると男の子で、右だと女の子っていうよね。どうなのよ、お勝さん」

「さぁね。うちはどっちも男だったけど、格好なんざ忘れちまったよ」

「おえんさん、担《かつ》がれてません？　そんなの聞いたこともないんですけど」

女たちだけで集まって、『ぜんや』はずいぶん賑《にぎ》わっていた。入口の引き戸が開けっ放しで、子作り談義が筒抜けである。話に熱中するあまり、戸口に立った客には気づかぬようだ。

それならば男には気まずい内容でもあるし、出直そう。又三に目配せをして只次郎が後ずさりしかけたとき、小上がりの手前に立っていたお妙がふいにこちらを振り返った。

「あっ!」と、口元に手を当てて驚く仕草が愛らしい。只次郎の気鬱《きうつ》はたちまちのうちに吹き飛んだ。

「おいおい、なんの話をしてんだい」

場を取りなすように、又三が只次郎の肩先からひょっこりと顔を出す。

お勝とおえんはこんなことで動じる玉ではない。酒問屋升川屋のご新造であるお志乃だけが、たちまち頬を赤くした。

「いやや、えらい長居してしもた。今何刻《なんどき》です?」

「さっき昼七つ(午後四時)の鐘が鳴ったよ」

「そらあかん。おつな、帰りまひょ」

「へえ、ご新造はん」

揚げ帽子を被《かぶ》り、供の女中を急《せ》かしてお志乃はあたふたと帰り支度をはじめる。お代はあとで升川屋が払うのでツケである。

「ほなお妙はん、また。今日もおおきに」

床几《しょうぎ》に腰掛けた只次郎、又三と入れ違うように帰ってしまった。

いつまでも初々しいご新造である。だが供の女中が言い間違いをしなくなった程度には、その身分に慣れてきたのだろう。

となれば子がほしいと思うようになるのも、自然の流れである。

「すみません。こんな話を大きな声で」

「いえいえ。升川屋さんとお志乃さんの子なら、どちらに似ても可愛《かわい》いでしょうね。楽しみですよ」

恐縮するお妙に只次郎は笑顔で返す。

生々しい話はさておき、子の誕生は待ち望まれる。

「アタシも早く子がほしいよぅ」

「今すぐ俺が仕込んでやろうか？」

おえんが嘆き、すかさず又三が混ぜっ返した。

「はん、誰の子でもいいんなら、犬の子でももらってくるさ」

おえんは胸乳《むなぢ》を揺らして大笑いし、「さて、アタシも帰んなきゃ」と腰を上げる。

「つれないねぇ」

又三は苦い顔で顎《あご》の剃《そ》り残しをさすっている。

お栄にもらったペンペン草を、耳に挿していた。その横顔が、やけに物寂しい。

「ま、なんにせよ望まれて生まれてくるなら幸せだ」

独り言のようにそう呟《つぶや》いた。

なにかあったのだろうか。

いつものようにふざけていても、今日の又三には陰がある。

だが人に悟られたくはないのだろう。変わり身の早さで今度はお勝をからかいだした。

「にしてもお勝さんに二人も子がいたとは、驚きだなぁ」

「そんなもん、どっちも独り立ちしてとっくに所帯を構えてるよ」

「お、じゃあもう孫がいるとか?」

「こちとら五十過ぎてんだ。いるに決まってんだろ」

振り上げられた煙管《きせる》をかわし、又三はニヤニヤと笑っている。

「いやね、ちっとばかり口うるせぇが、お勝さんみてぇな親なら子は幸せだろうと思ってよ」

けなされるのには慣れているが、持ち上げられると居心地の悪いお勝である。

「なに言ってんだい」とそっぽを向いた、耳の裏がほんのり赤い。

「さすが又三さん。その通りなんですよ」

わざとなのか素直すぎるのか、折敷《おしき》を運んできたお妙が笑顔で追い打ちをかける。

「私もお勝ねえさんに育ててもらったようなものですから。こう見えて、優しくて心配性で――」

「お妙、そのくらいにしとかないと怒るよ」

褒《ほ》められて腹を立てるとは、なんとも不器用な。

お勝に睨《にら》まれて、お妙は「あら、怖い」と軽く肩をすくめた。

床几に置かれた折敷に載っていたのは、燗《かん》のついたちろりと菜の花の和《あ》え物の小鉢。

これは旨そうなとさっそく箸《はし》を取った只次郎の横で、又三が「げっ」と大仰に仰《の》け反《ぞ》った。

「あら、お嫌いでした？」

気遣わしげに首を傾《かし》げるお妙である。

「いや、嫌いっていうかよぉ。こういう土手に生えてる手合いは、ガキのころに散々食ったもんで」

「まぁ。それは困りましたね」

お妙の首がさらに傾く。

美しい女の顔を、曇らせたくはないものだ。又三は機嫌取りに、菜の花を箸でつまんで口へと運ぶ。

「ああ、旨い。こりゃ旨いですよ。やっぱり作る人がいいと、違うもんですねぇ」

只次郎もつられてひとつまみ。

芥子和《からし》えである。ほろ苦い菜の花と、ツンとした刺激。それがほんのり甘い出汁醤《だしじよう》油《ゆ》でまとめられており、好きな者にはたまらない。

ちろりの酒を手酌して、キュッとあおる。まさに春の味覚である。

「そうですか、よかった。今日は摘み菜づくしなんですよ」

又三の世辞を真に受けた様子で、お妙が罪のない笑みを浮かべた。

「はぁ」気の抜けた相槌を打ち、又三が口元を引きつらせる。

「やっかいな日に来ちまったなぁ」と、その顔にはっきりと書いてあった。

四

たんぽぽの茎炒《くきいた》め、野蒜《のびる》のきんぴら、桑の葉と芝海老《しばえび》のかき揚げ。

これでもかと摘み菜料理が出てくるのは、大伝馬町菱屋のご隠居のせいである。

なんでもご隠居、孫が十一人もいるという。昨日はちょうど彼岸の中日ということで、墓参ついでに春の野に遊んだらしい。そこで孫たちと一緒にたんまりと摘んだ菜を、お妙の料理で食べてみたいと思いついた。昨夜のうちに奉公人が来て、「よろしくお願いします」と頼んで行ったそうなのだが。

菜摘みで張り切りすぎたのか、当の本人は床から離れられず、『ぜんや』に来ることができないそうだ。

「そういうことなら遠慮なく、おこぼれに預かりますよ」

これ幸いとばかりに摘み菜料理を堪能《たんのう》する只次郎。どれもこれも摘み菜独特のほろ苦さを殺さず活かし、趣《おもむき》のあるご馳走《ちそう》になっている。

たんぽぽの茎炒めは隠し味の酢が苦みと上手《うま》く絡み合い、野蒜のきんぴらは甘辛い味つけが絶妙である。桑の葉のかき揚げは芝海老の甘さと調和する上に、山椒塩《さんしょうじお》が添えてあった。

「うまぁい。これはクセになりますね」

かき揚げにサクリと歯を立てて、只次郎はほくほくとした顔で天を仰ぐ。

これらが全部、そこいらの土手で採れる菜だとはとても思えない。帰りに摘んで行きたいほどである。

「こんな旨いものを食い逃すなんて、ご隠居が哀れですね」

「哀れなもんかい。小僧を寄越《よこ》して、ちゃっかりお重に詰めてったよ」

食い物にかんしては欲深いご隠居である。お勝が呆《あき》れたように肩をすくめた。

「子供のころによく食べていたから、懐かしいそうですよ」

今でこそ大店のご隠居という立場だが、もとは越後の寒村の出だ。ゆえにご隠居は豪華絢爛《けんらん》なものよりも、鄙《ひな》びた味を好むところがある。

「懐かしいっちゃあ、まぁ懐かしいんですけどね」

なんのかんの言いながら、まんべんなく料理に箸をつけている又三が口を挟む。

「こりゃあちょっと、旨すぎますぜ」

考えてみれば又三とは、ルリオが順の一（一等）を得た鶯の鳴き合わせの会の折に声をかけられ、それ以来のつき合いである。だがその生い立ちについて、只次郎はなにも知らないし、知ろうともしてこなかった。

なぜなら、軽口を叩き合ってはいても、二人は決して対等の仲ではないからである。

「又三さんは、生まれはどこなんですか？」

只次郎に酌をしながらお妙が問う。

土手に生えている手合いなら散々食ったと又三は言った。それはつまり、趣向として楽しむのではなく、他に食うものがなかったからであろう。

「こちとら江戸生まれの江戸育ちでさ。もっとも――」

又三は摘み菜料理に目を落とす。濃い睫毛《まつげ》が影を作っている。

「住まいは橋の下でしたがね。ああ、ちくしょう」

やけっぱちのように叫んで、気つけに両の頰を叩く。陽春の酒が案外回っているようである。

「なんだか今日はいけねぇなぁ。どこ行っても親だの子だの。そんな話がついて回って、つい湿っぽくなっちまわぁ」

お妙が又三に向かって、ちろりを軽く持ち上げて見せた。

すべてが許されてしまいそうな、菩薩《ぼさつ》のごとき笑みである。

又三は片頰を持ち上げて、素直に盃《さかずき》を差し出した。

「なんだろねぇ、男ってのは。いい女に酌をされると、なぜか愚痴《ぐち》を言いたくなっちまう」

観念したように眦《まなじり》を下げ、盃の酒を一気にあおる。

それから又三はぽつりぽつりと、己の出自を語りだした。

「俺ぁ、一発二十四文の夜鷹《よたか》の子でしてね」

神田川の向こう岸、古着屋や古道具屋の床店で賑わう柳原《やなぎわら》土手にも、夜になれば「ちょいとちょいと」と袖を引く女たちが現れる。

「吉田の森に夜鷹という鳥住む」と言われるように、彼女らの多くは本所吉田町《よしだちょう》、あるいは四谷鮫《よつやさめ》が橋《はし》の、貧しげな裏長屋をねぐらとしているようだ。

しかし橋の下で、莚壁《むしろかべ》の小屋に寝起きしていたという又三母子は、そこにすら住めぬほど困窮《こんきゅう》していたのであろう。

「暑い、寒い、腹減った。ガキんころの記憶といえば、そればっかりでさ」

とく、とく、とく。尽きぬ泉のように又三の盃が満たされる。

そこに襤褸《ぼろ》を着た薄汚い子供の姿でも映っているのだろうか。又三は懐かしげな目をして酒の面を見つめている。

「物心ついたころにゃ母親はもう気が触れちまってて、自分は武家の娘だと言ってぃたが、まぁ嘘《うそ》っぱちだろうねぇ。七つか八つの俺を客と間違えて、手を引きやがるんだ。子供みてぇな声をした女だったたなぁ」

薄暗く、じめついたねぐらである。痴《し》れた母との暮らしは幼い又三には逃げ場がなく、辛《つら》いものだったに違いない。

　息子のことすら分からなくなってしまった母親。春をひさぐにしても買い手はめったにおらず、ひもじさに負けて食えそうな草は片っ端から口にした。生で、あるいはただ茹《ゆ》でただけで。

「たまに握り飯を恵んでくれる人があっても、俺のぶんまでみな食っちまう。それでももっとくれろと、泣くわ叩くわ。早く死んでくれよって、思っちまうこともあった」

　少年に成長した又三の、硬く握った拳《こぶし》が見えるようだ。それでも歯を食いしばり、泣くまいと堪えている。

「俺が十になったときのことだ。おっ母《か》ぁが汚ぇ莚の上に転がったまま、動かなくなっちまったのは。揺すっても起きねぇもんだから、その莚で巻いてやって、隅に置いたまましばらくは暮らしてた。でもよぉ、臭ぇんだよなぁ、人ってのは。じゅくじゅく黒い水がしみ出てきてよぉ、あっちゅう間に腐りやがる。しょうがねぇから『おっかぁごめん』と呟いて、橋の下を出たんだ」

　ちょうど今くれぇの時分だったと、又三はかすれた声で呟いた。

　桜どきを待たずに逝った母の屍《しかばね》は、人知れず朽ちていったことだろう。

「一人きりになってみると、これが案外生きやすかった。もうおっ母ぁの面倒を見なくてすむ。紙屑《かみくず》拾いでもすりゃ少しは食えるし、そのうち同じ年ごろの仲間もできた。巳吉《みのきち》といったか、馬鹿な奴でなぁ。屁《へ》で話ができる、そんなくだらねぇ芸で小銭を稼いでたもんだ」

うふふ、とお妙が口元を押さえて笑う。

愉快な仲間だ。持ち前の明るさで巳吉は又三を幾度も笑わせ、寂しい心を慰めただろう。寺の軒下で身を寄せ合い、手に入れた食い物は分け合って、互いのために二人は生きた。

「それがある日、屁で火を吹いて見せてやる、なんて言いだしてよぉ。灯火を尻に近づけて、一発放ったとたん、着物にパッと燃え移った。慌てて消そうとしたんだけども、あいつ焦って灯火の油を体にぶちまけちまってよ。丸焦げになって、死んじまった」

失笑を買いかねないほどの、哀れな最期だ。

友の骸《むくろ》を埋めてやると、又三はまた一人になった。

「今度の一人は楽じゃなかった。腹の底がすうすうと、やけに寒くって、いつの間にか冬になってた。ひでぇ風邪をひいて、俺もこの冬を越せずに死ぬかもしんねぇなぁと思いながら歩ってたんだ。三味線のお師匠さんに拾われたのは、まぁ運がよかったんだろうねぇ」

そういやこの前又三が言っていた。

十一のときに、いろはの「い」から教わったという女だ。

「手に皺の寄った、ずいぶんな年増だったが、アレをやれば喜んで家に置いてくれたんだ。ああしろこうしろとうるせぇが、気持ちよくないこともねぇし、世話んなったね」

十一といえば只次郎は、元服もしていないほんの子供だった。だが又三はそんなころから、「男」でなければいけなかったらしい。

家が貧しければ貧しいほど、人が子供でいられる歳月は短くなってゆく。

「寝るとこと、食うもんの不自由はなくなった。そうなってからやっと橋の下に置いてきたおっ母ぁが気になって、一年ぶりに戻ってみたんだ。そこにもう、骸はなかった。その代わりに、ぺんぺん草がな」

言葉を詰まらせ、又三は手のひらで目元を覆う。

「おっ母ぁの骸を転がしといたところに、ちょうどその形によぉ、ぺんぺん草がわさわさと生えていやがったんだ」

風に吹かれるなずなの群生《ぐんせい》。亡き母の「ちょいとちょいと」と呼ぶ手のように、それは柔らかく揺れていただろう。

「俺は背を向けてそこから逃げた。一目散に走って帰って、お師匠さんの体にむしゃぶりついた。もしかしたらおっ母ぁのことも、こんなふうに抱いてやりゃよかったのかなぁと思ってよぉ」

耳に挟んだなずなの花が、少し萎《しお》れて又三にそっと寄り添っている。労わるように、見守るように。

「馬鹿だねぇ」と、お勝が言った。

「息子が母親を抱くなんざ、畜生のすることとさ。おっ母さんだって正気なら、とんでもないことと怒るだろうよ」

二人の息子を育て上げたお勝である。口をへの字に結び、鼻から大きく息を吐いた。

「そうですねぇ。どっちにしろ又三さんには、できなかったと思いますよ」

お妙がやんわりとそう言って、少し潤んだ目を細める。頬を撫《な》でるような、優しい声だ。

又三は手で顔を撫で下げて、口元を歪《ゆが》めて笑った。

「そりゃそうだ。でも俺はおっ母ぁが死んだとき、ホッとしたんだ。埋葬もしてやらなかった。畜生にゃ違いねぇよ」

「そんなことはあるもんか」

ついに感極まった。只次郎はうつむいたまま声を張る。

「私だって母上のことを疎《うと》ましく思うことはあるよ。いや、しょっちゅうと言ってもいい。十のときに死なれて他に頼れる人もいなかったら、墓も作れやしないよ。お前が薄情なわけじゃない」

「おやまぁ。なにもアンタが泣かなくても」と、お勝。

「泣いてませんよ、失礼な」

そうは言っても涙声である。

さっきお栄と中庭で、ぺんぺん草の太鼓を作っていた又三の背中が思い出された。「お武家様の庭にもあるなんざ」と言っていた又三。いったいどんな気持ちで、母の面影につながる草で遊んでいたのか。しかも我が子でもおかしくはない年ごろの、お栄とである。

そうか、それで私の母上のことを、あんなにも珍しそうに――。

只次郎とて貧乏暮らしには慣れているつもりだが、もっとも苦しいときでさえ、米と漬物くらいは食えた。母が締まりを厳しくして、息子たちの腹を満たすために尽くしてくれたお陰である。

それなのに又三ときたら、実の母と二人で暮らしていながら、守られたことも心配されたことも、慈しみの目を向けられたこともないのだ。

「母上!」と呼べば微笑み返してくれた、今よりずっと若い母の顔。

只次郎の中にある母の面影と、又三のそれがあまりに違い、胸が詰まってしまったのである。

「旦那、勘弁してくだせぇよ」

人に泣かれると、かえって気が鎮まるもの。又三は苦い顔で鼻をこする。

「泣いてないったら」

只次郎は目頭をつまんで強がった。

「お妙さん、酒を」と、置き徳利の酒を指し示す。今飲んでいるより、はるかに上等の酒である。

お妙も心得たように頷いた。

「すみませんね、湿っぽい酒になっちまって。お妙さん、今日の魚はなんですかい?」

仕切り直しとばかりに又三が膝を叩く。無理に明るく振舞っているようにも見える。

「鰆《さわら》の蕗《ふき》の葉蒸しです」

お妙の返答を受けて、又三は「徹底してますなぁ」と顔をしかめた。

蒸してある蕗の葉は、胸がすっと軽くなるような、爽《さわ》やかな香りがする。包みをそっと開けてみれば、中にはほんのり甘い鰆の粕《かす》漬け。旨みをしっかり閉じ込められて、箸で割ると脂が身の上を伝う。

ひと口含めば蕗の葉の風味がふんわりと広がって、天にも昇る心地である。あまりの旨さに男二人、ものも言わずに平らげた。

空になった皿を前に、又三が夢から覚めたような顔をしている。

「実を言や、土手に生えてる手合いの中でも、蕗が一等苦手だったんですが」

指に残った蕗の葉の香りを嗅《か》いで、「いや、こりゃまいった」と唸《うな》った。

「蕗ってほら、毛虫の味がするじゃねぇですか」

「しませんよ」と、お妙。

「そもそも毛虫を食ったことがないねぇ」

お勝もまた首を振る。

「俺だってねぇですけどね。蕗は毛虫がやたらとつくから、そんな気がするんですよ。

鎌《かま》を振ると毛虫の胴体ごと真っ二つにしちまったりね」

思い出して鳥肌が立ったのか、又三はしきりに腕をさすった。

「まさか、こんないい香りのするもんだとはねぇ」

「蕗はアク抜きや筋取りをしないと、ちょっといただけないですものね。葉も、炒めたり甘辛く炊《た》いたりすると美味《おい》しいんですが」

お妙が微笑みながら調理場に戻る。

そろそろ飯の支度をするのだろう。呼吸を読むのが上手い女だ。

「にしても林の旦那はいけ好かねぇ。こんな旨い酒を隠していやがるなんざ」

「奮発してやったんだ。恨まれる筋合いはないよ」

気恥ずかしさの残る只次郎、お勝の口調を真似《まね》て口を尖らせる。

又三は「へぇへぇ。旦那にゃ世話になってますよ」と揉み手をしておどけて見せた。

「又三、お前所帯は持たないのかい?」

ふと気になって聞いてみる。又三の口から妻子の話は出たことがない。

「いきなりなにを言うかと思や。あっしは独り身で充分ですよ」

「でもお栄と遊んでる姿は様になっていたよ。子がいるといいんじゃないかい」

「よしてくだせぇよ。父親が誰かも分からねぇ男に、務まるはずがねぇでしょう」

「そうかな。心配ないと思うんだけど」

「まいったなぁ」

親子の縁が薄いからといって、情まで薄い男ではない。只次郎が真剣に詰め寄るものだから、又三は困って頬を掻《か》いた。

「あら。でも唇のそれ、痴話喧嘩《ちわげんか》でしょう」

調理場からお妙が話に入ってくる。自分の唇を指でさし、微笑んで見せた。

「いやぁ、お妙さんにゃ敵《かな》わねぇなぁ」

図星だったようだ。又三が照れ隠しに唇を歪める。

「え、だけどそれは嚙まれたんだろう」

てっきり犬猫の仕業と思い込んでいた只次郎である。話が分からず、きょとんと目を瞬《しばた》いた。

「ええ、だから口を吸ってやろうとしたらガブリですよ。他に女がいるのがバレたようで」

「そりゃあバレるさ。いつも違う白粉《おしろい》のにおいをさせてんだからさ」

「お勝さんも気づいてたんですか」

これには只次郎もびっくりである。

「あたりまえ。何年女やってると思ってんだい。気づかない鈍ちんはアンタくらいのもんさ」

お勝は煙草盆を引き寄せて、煙管に火をつけた。只次郎を馬鹿にするように、煙をぷかぷかと輪っかに吐く。

「分かった。例の、三味線のお師匠さんだね」

「その女《ひと》なら十年も前に死んじまいましたよ。他に身寄りがなくってね、死に水まで取ってやったくれぇです」

お勝が呆れたように口を挟む。

「じゃ、それ以来女の家を渡り歩いてんのかい？」

「他に生きかたを知らねぇもんでね」

「ずいぶんおモテになるんだねぇ」

「女髪結いやら、音曲の師匠やら、芸者やら。稼ぎがあって独り身の女を口説きゃ、あっちも寂しいんだから案外いけますぜ」

なんと羨《うらや》ましいことだろう。口が上手くて見端《みば》もいい、こんな男がいるから江戸の女はますます不足するのである。

只次郎は両手をぐっと握りしめた。

「誰か一人に絞ればいいじゃないか」

「なにをおっしゃる。二人以上いねぇと、ウチを追ん出されたときに行くとこがねぇでしょう」

「そこは追い出されない努力をしようよ」

「惚《ほ》れた女はいないのかい？」と、お勝。

「どの女も好きですぜ。気立てがいいの、体がいいの、稼ぎがいいの、美質《びしつ》はそれぞれですからね」

それはまた、惚れた腫《は》れたとは違う気がする。ただ一人の女を思い抜いてこその恋だろう。

そう思いながら只次郎は調理場のお妙を見遣《みや》る。

「優しいんですね、又三さんは」

ところが意中の人はそう言って、別の男に微笑みかけた。

そんなことは許せぬ只次郎。声を裏返して抗議する。

「ちょっとお妙さん、どこがですか。二股三股あたりまえって男ですよ」

「だって、女の人のいいところをちゃんと見ているじゃありませんか。それに――」

いったん言葉を切ってから、お妙はたおやかな手を頬に当てた。

「その女《ひと》たちが最期を迎えるとき一人なら、ひょっこり現れて死に水を取ってあげるんでしょう?」

雷に打たれたよう、というのだろうか。又三が体を硬直させて、ぎょろりと目を剝いた。

「お母さまのことを悔やんでいるようだから、そうかしらと思ったんですが、違いました?」

お妙は心配そうである。頰に手を当てたまま、眉を下げる。

「いや、違わねぇよ」

そう言って、又三は息を長く吐いた。背中がどんどん曲がってゆく。最後には膝《ひざ》に肘《の》を載せて、顔を伏せてしまった。

「俺も今気づきやした。そのつもりで女たちと接してたようだ。そうか、俺は——」

その声が弱々しく震える。まるで声変わり前の少年のように。

「知らねぇうちにおっ母ぁの面影を、ずっと追っかけてたのかもしんねぇなぁ」

又三はそのまま、しばらく顔を上げようとしなかった。

意外に不器用な男である。女の寂しさを埋めてやることでしか、己を救うことができない。

だからこそ所帯を持てばいいと、只次郎は思うのである。寄りかかり合う女ではなく、支え合う女が現れてくれれば、それこそ真の救いとなろう。

コン。お勝が煙管の灰を落とした音が響く。

それを合図のように、只次郎がお妙に話しかけた。

「お妙さん、飯をそろそろ」

「はい、間もなく」

お妙がいつもの調子で、にっこりと頷いた。

五

土鍋《どなべ》の蓋《ふた》を取ると、もわっとした湯気とともに、清々《すがすが》しい香りが鼻先をくすぐった。

蕗の香りだ。茎を細かく刻んで炊き込んである。

においにつられたように、又三がはっと顔を上げた。

「毛虫の味はしないと思いますよ」

冗談を交えつつ、お妙が添えて出した汁は豆腐と芹《せり》の吸い物である。それから芥子菜の塩漬けだ。

「徹底してますなぁ」ともう一度言って、又三がつるりと頬を撫でた。

土鍋の飯を碗《わん》に取り分けてやる。「すみませんねぇ」と受け取る又三の、睫毛がわずかに濡《ぬ》れていた。

「お好みで」とお妙から胡麻塩《ごましお》を差し出されたが、まずはそのままで。

「うっま！」

口からほかほかと湯気が上がる。

米の甘みにシャキシャキとした蕗の歯ごたえ。ほろ苦さがあとからふわりと広がって、春のそよ風が体の中を吹き抜けてゆくようである。

風味を活かすために余計な具は入れず、味つけも薄めにしてある。その引き算が絶妙だった。

「ああ、胡麻塩のしょっぱさとも合いやがる。握り飯にして持ち歩きてぇくらいですぜ」

蕗が苦手だったはずの又三もまた、箸が止まらぬ様子である。

気まぐれにつまんだ芥子菜の辛みが後を引き、汁を含めば昆布出汁だ。芹の滋養がにじみ出て、手足までじわりと温まった。

「ああ、ちくしょう。旨ぇなぁ」

又三が洟《はな》をすすったのは、湯気のせいか。

そういうことにしておこう。

「はぁ、ずいぶん余計なことを喋《しゃべ》っちまった。食い物ってぇのは、昔のことを思い起こさせるもんですねぇ」

土鍋にこびりついたおこげをむきになって剝《は》がしながら、照れたように笑う。そんな又三にお勝が言った。

「ところでアンタ、一つ聞いてもいいかい。なんでお妙のことは口説《くど》かないんだい？」

「は？」と、顔を上げたのは只次郎である。

「この子だって今じゃ独り身だし、稼ぎがあって家もある。アンタにしてみりゃ、いいカモだろうに」

言われてみれば、そのとおりだ。

又三はお妙のことを、「すこぶるつきの別嬪《べっぴん》」と評していた。そのわりに、粉をかけている様子はない。

「お勝ねえさん、なにを言いだすの。又三さんにだって、好みがあるわよ」

お妙はお勝に取りあわず、又三に「ねぇ」と同意を求めた。

ところが又三ときたら、そんなお妙の顔をまじまじと見つめているではないか。

これはいけない。虫の知らせのようなものが頭にひらめく。

「あのさ、又――」

声をかける前に、又三は仰《の》け反《ぞ》って笑いだした。

「いや、こりゃまいった」

ひとしきり笑い終えてから、月代《さかやき》をつるりと撫で上げる。

「今日は、人に気づかされることの多い日だねぇ」

そう言ってから又三は表情を改めて、傍らに立つお妙に向き直った。

「お妙さん、俺はアンタに惚れてんのかもしんねぇよ」

カシャン。只次郎が盃を取り落とす。上等の酒が床几に染みてゆく。

「はぁ」

お妙は困り顔で、胸の前で指を組み合わせた。

「ちょっと待ったぁ。お勝さんに乗せられるんじゃあないよ」

又三に支え合う女が現れてくれればと願ったばかりではあるが、その相手がお妙では困るのである。只次郎の額に汗がふき出てきた。

はなからこうなることが分かっていたかのように、お勝は薄笑いを浮かべている。

「あの、お気持ちはありがたいんですが――」

「いや、そこまで」

断りの文句が続きそうなお妙の発言を、又三は右手をかざして押し留めた。

「今すぐ返事がほしいわけじゃねぇ。その前に、白状しなきゃいけねぇことがあるんですよ」

すっかり開き直ったようだ。又三は脚をがばりとヤの字に組んで、身を前に乗り出した。

「実はさる筋から、お妙さんの素性を探るよう命じられていましてね」

なんだか他の奴からも同じようなことを聞いたなと思い、只次郎はハッと目を見開いた。

亀吉だ。只次郎の父に命じられたと言っていた。

「どうやらそいつはお妙さんのことを、妾《めかけ》にしたいようなんで」

「なんだって！」

今度は箸が転がった。器に渡して置いてあったのを、只次郎の袖が引っかけたのだ。

「誰だい、それは。まさか私の父上じゃ――」

「さてね。旦那の父御には、会ったこともありゃしませんが」

父ではない。それではいったい誰が。

只次郎は握った拳を顎《あご》に当て、ううむと頭を悩ませる。

「でもちょっと、解せぬものを見ちまったんですよねぇ」

「解せぬもの？」

我が身にかんすることだけに、お妙が不安そうに眉を寄せた。

又三がその顔を見て、ふっと笑う。

「軽々しく口にできることでもねぇんで、確かめてきやす。なんも心配しねぇでくだせぇ」

さっと立ち上がり、お妙の肩を優しく抱いた。

「おい、気安く触るんじゃないよ！」

歯を剝く只次郎をものともせず、又三は耳に引っかけてあったなずなを摘まむ。

「こんなもんしかねぇが、これも花だ」

そう言いながら、お妙の帯にすっと挿した。手つきがさすがに慣れている。

「そういや俺の母親は、名をお妙といいましてね」

何度も咲くという強い花を指で弾き、又三は意味ありげに笑った。

女を花と例えるならば、案外したたかなものかもしれない。盛大に散る桜でさえ、春がくればまた咲くのだ。

「だから離れなさいってば！」

床几を蹴倒《けたお》しそうな勢いで、只次郎も立ちあがる。その手を摑まれる前に、又三はするりと身を翻《ひるがえ》した。

「じゃ、うるせぇ奴がいるんで、出直してきます。またね、お妙さん」

「えっ、待ってください」

お妙の制止も聞かず、肩越しに手を振って寄越す。

「誰がうるさい奴だ。もう酒を奢ってやらないぞ！」

引き戸の向こうはすでに暮れかけて、目覚めかけの春の花が、甘い息吹を吐いている。黄昏《たそがれ》に後ろ姿を滲《にじ》ませて、又三は悠然と去って行った。

これは波乱の予感だろうか。胸がざわざわとして落ち着かない。

うかうかしていると、お妙が人のものになってしまいそうだ。

「アンタ、妾だってよ。どうすんだい？」

「まさか、そんな」

お勝に尋ねられて、お妙がとんでもないと首を振る。

帯に挿したなずなの花が、シャラシャラシャラと音を立てた。

解説——新しき空に舞う鶴

上田秀人

天は二物を与えずという。

しかし、昨今、天は安売りをしすぎているような気がしてならない。

その代表が坂井希久子氏である。デビュー作以来書く作品、紡ぐ物語のすべてがおもしろい。そして女流作家のなかでも指折りの美貌《びぼう》、モデルも務まるスタイルの持ち主。まさに二物持ちの坂井希久子氏が、ついに時代小説に手を出した。

解説を始める前に、わたしと坂井氏とのかかわりをお話ししておきたい。わたしと坂井氏は、山村正夫記念小説講座（以下教室）の先輩後輩にあたる。一応、わたしが先輩になる。

坂井氏が教室に来たときのことは、今もはっきりと覚えている。小説家になりたいと思っている老若男女が集まっている教室である。どの生徒も他人とは違う雰囲気を醸し出している。百人ほどいる生徒すべてが、個性的な連中ばかりなのだ。

そのなかでも一人あからさまに他人とは違うんだと見せつけていたのが坂井氏であった。

なにしにここに来た。本当に小説家を目指しているのか。自分を誇示したいのならば、芸能界へ行けばいいのに……。こう思ったほど、坂井氏は目立っていた。

まさに群鶏のなかの一鶴《いっかく》であった。もっとも鶴どころか孔雀《くじゃく》や始祖鳥もいたが……。

もう少し脱線を許していただき、教室の説明をしよう。教室は故山村正夫氏が後進の育成のために開かれたものである。現在は一九九九年に急逝した山村正夫氏に代わって、森村誠一氏が塾頭を務めておられる。小説養成塾としては歴史があり、多くの作家を輩出している。

もちろん、教室に来たからといって作家になれるわけではない。どちらかといえば、夢破れて去る者がほとんどを占める。それでも夢かなえた者は枚挙に暇《いとま》がないほどいる。

ドラマの女王新津きよみ氏、直木賞作家篠田節子氏、時代小説から推理小説と幅広い守備範囲を誇る鈴木輝一郎氏らの第一黄金期、松本清張賞の島村匠氏、女流ホラーの旗手雨宮町子氏、テレビでお馴染《なじ》みの室井佑月《ゆづき》氏らの第二黄金期、そしてユーモアミステリーの第一人者七尾与史《よし》氏、人気急上昇中の成田名璃子《なりこ》氏らの第三黄金期、そして今、ホラーとポルノの新鋭川奈まり子氏、電撃大賞の角埜杞真《かどのこま》氏らと教室は第四黄金期を迎えている。

坂井氏は、この第三黄金期に属している。

デビューは二〇〇八年、オール讀物新人賞になった「虫のいどころ」であり、それ以降、決して多作とはいえないが、堅実にヒット作を上梓《じょうし》し続けている。

『泣いたらアカンで通天閣』は二〇一三年三月に深夜枠ながら、三夜連続でドラマになり、好評を博した。

おもに現代ものを得意とし、ときに切ない恋愛を、ときに涙する人情ものを世に送り続けて来た。どれも高い評価を受けている。いわずもがなだが、作家にとって真の評価とは読者さまの支持のことだ。ようは、売れたということである。

その坂井氏が、ついに時代小説に手を出した。

時代作家の先輩としての立場からいえば、なにしに来やがった。他人の食い扶持《ぶち》に手を出すなというのが本音である。

だが、それでは文芸は腐る。

同じ作家ばかりが淡々と書き続け、市場を閉鎖していると、かならず流れはよどみ、腐臭を放つようになる。結果、読者さまからそっぽを向かれ、時代小説は廃れていく。

新しい風を入れなければ、時代小説はだめになってしまう。

事実、かつてのブームは終息を迎えつつある。

日本独自のエンターテイメントである時代小説の勢いを落としてしまったことは、既存の作家であるわたしたちが猛省しなければならないことである。

今このとき、坂井氏の作品が世に出たことは大きい。

同門の誼《よしみ》ということで、解説のお仕事をいただき、読者の皆様より早くに原稿を読ませていただいた。

時代小説への新風を感じた。別段、奇抜な内容というわけではない。

いや、なんというか読後感が、初夏の夕暮れに吹くそよ風のように心地よいのである。

居酒屋を舞台に巡り会う男女、出来事がすっと染みてくる。決して手に汗を握る展開が続くわけではないが、話が終わるまで頁《ページ》を繰ってしまう。

読者の皆様はよくご存じのとおり、時代小説には独特のルールがある。使ってはいけない言葉だとか、気を付けなければいけない動きだとか、時代考証だとかだ。そのあたりは初めての挑戦で、いささか甘いところも見える。

だが、そんなものはどうでもいい。小説はなにをおいてもおもしろくなければならない。そして、この作品はまちがいなくおもしろい。

また話が戻るが、わたしたちの師山村正夫氏は、エンターティメントとはなにかを弟子にしつこく説いた。

「己がおもしろいのは不合格、読者さまがおもしろいと思うものを書かないとだめだ。あと、読後感の悪いのもよくない」と。

坂井氏は山村正夫氏の死後入塾したので、これを聞かされてはいないはずなのだが、見事に教えを守っている。

ただ一つ先輩として苦言を呈するならば、筆が遅い。今回も、担当編集者どころか、社長まで悩ませたと聞いた。

そろそろ解説に戻ろう。とはいえ、あらすじを語るのは、解説の仕事ではない。内容を知りたいと思われるなら、とりあえず出だしの五頁を読んでいただきたい。

結果、本を閉じてレジへ行くか、そのまま棚に戻すかは、読者さまにお任せする。

ただ、坂井希久子氏がこれからの時代小説を担う第一歩を見逃されるのは、惜しいとだけ言わせていただきたい。

ちなみに時代小説は苦手だとおっしゃる読者さまでも、大丈夫である。なにとぞ、この作品を手にされ、時代小説の魅力を感じてもらいたい。きっと時代小説への苦手意識を取り払っていただけると信じている。

時代小説はおもしろい。これも真実なのだ。

是非、既存の時代作家の作品にも興味を持って欲しい。そのときは、まず、わたしの作品をお買い上げをと願う。

平成二十八年　五月　初夏の日差しを見ながら……

（うえだ・ひでと／作家）

時代小説文庫
さ 19-3

ほかほか蕗《ふき》ご飯《はん》 居酒屋《いざかや》ぜんや

著者 坂井希久子《さかいきくこ》
2016年6月18日第一刷発行

発行者 角川春樹

発行所 株式会社 角川春樹事務所
〒102-0074 東京都千代田区九段南2-1-30 イタリア文化会館

電話 03(3263)5247[編集] 03(3263)5881[営業]

印刷・製本 中央精版印刷株式会社

フォーマット・デザイン＆シンボルマーク 芦澤泰偉

ISBN978-4-7584-4000-4 C0193
http://www.kadokawaharuki.co.jp/[営業]
fanmail@kadokawaharuki.co.jp[編集] ご意見・ご感想をお寄せください。
本書は、ハルキ文庫(時代小説文庫)の書き下ろし作品です。